A TRANSFERêNCIA

A TRANSFERÊNCIA

JEAN SOTER

Labrador

© Jean Soter, 2024
Todos os direitos desta edição reservados à Editora Labrador.

Coordenação editorial Pamela J. Oliveira
Assistência editorial Leticia Oliveira, Vanessa Nagayoshi
Projeto gráfico e capa Amanda Chagas
Assistente de arte Marina Fodra
Diagramação Nalu Rosa
Preparação de texto Monique Oliveira Pedra
Revisão Lígia Marinho
Ilustrações Pedro Graça

Dados Internacionais de Catalogação na Publicação (CIP)
Jéssica de Oliveira Molinari - CRB-8/9852

Soter, Jean

   A transferência / Jean Soter.
   São Paulo : Labrador, 2024.
   208 p.

   ISBN 978-65-5625-735-8

   1. Contos brasileiros I. Título

24-4912   CDD B869.3

Índice para catálogo sistemático:
1. Contos brasileiros

Labrador

Diretor-geral Daniel Pinsky
Rua Dr. José Elias, 520, sala 1
Alto da Lapa | 05083-030 | São Paulo | SP
contato@editoralabrador.com.br | (11) 3641-7446
editoralabrador.com.br

A reprodução de qualquer parte desta obra é ilegal e configura uma apropriação indevida dos direitos intelectuais e patrimoniais do autor. A editora não é responsável pelo conteúdo deste livro. Esta é uma obra de ficção. Qualquer semelhança com nomes, pessoas, fatos ou situações da vida real será mera coincidência.

Sumário

O jovem viúvo ——————————— 7

A paineira seca ——————————— 29

Suzy ——————————————— 51

As últimas páginas de N. R. P. ————— 67

A rosa vermelha ————————————— 89

Os sábados ——————————————— 101

O sobrado ——————————————— 133

O alfaiate ——————————————— 157

A transferência ————————————— 191

O jovem viúvo

Quando ao final de tudo o coveiro começou a cimentar a boca do túmulo — sob um silêncio tão completo que se ouvia perfeitamente o discreto barulho da pá de pedreiro mergulhando na massa de cimento —, encerrando os procedimentos funerários, fui tomado por uma inesperada sensação de intenso alívio.

Eu estava extenuado pelo sofrimento até as entranhas da alma. Também me afligiam duas noites seguidas de vigília e a fome. Mas o coveiro terminou a tarefa e, erguendo-se (trabalhara com o corpo dobrado em direção ao solo), distribuiu rapidamente o olhar pelo rosto das pessoas que restavam. Parecia pretender dizer: "Que querem ainda aqui?". Talvez acreditasse que com aquele mudo olhar pudesse sacudir os ânimos debilitados pela visita da morte, e talvez fizesse sempre assim.

Os conhecidos e amigos foram aos poucos se despedindo. Sobraram os parentes: duas tias por parte de mãe de Jaqueline e seu pai, todos vindos de cidades distantes.

Quanto a este último, devido a algumas peculiaridades, talvez mereça algumas palavras mais. De fato, era pai, mas um pai simbólico: abandonou primeiro a esposa, que faleceu um ano após a separação, e depois a filha, que deixou com a avó materna. Por fim, abandonou até a si mesmo. Jaqueline lhe telefonava e mandava-lhe presentes, encenando para si mesma uma triste peça, regando um miserável arremedo de família. Nunca tivera retorno.

Eu, por minha parte, nunca falei nada a respeito — deixava-a fantasiar à vontade suas ficções de criança.

Só agora fui conhecer essa ruína de homem, depois de ter lhe telefonado para informar sobre a morte da filha. No seu caráter, a conveniência social foi mais forte que os sentimentos — e depois de anos de desprezo, agora comparecera para velar o indiferente cadáver. Mas causa-me dó: é um senhor obeso, anda com dificuldade e parece sofrer com uma implacável e constante falta de ar.

Mas as duas tias, que também só fiquei conhecendo agora, parecem boas pessoas. Abraçaram-me e consolaram-me, e uma delas ficou por alguns instantes passando a mão em meus cabelos, o que me fez bem. Também me disseram que eu era muito jovem, e que a vida ainda me reservaria muitas surpresas agradáveis.

Fomos os quatro caminhando para a saída do cemitério, e pairava um desconforto nesse grupo que as circunstâncias formaram: as tias, irmãs da mãe já falecida, não se dirigiam a meu ex-sogro, e vice-versa.

Subiram em dois táxis, primeiro as tias e depois meu ex-sogro.

Fui para o meu amplo e recém-adquirido apartamento, onde me aguardava o silêncio absoluto de minha viuvez.

No dia seguinte ao dia do enterro, despertei às dez da manhã depois de um sono pesadíssimo.

Assim que abri os olhos, lembrei-me da ausência de minha esposa, e foi um pensamento tão desolador quanto o que acomete o ferido de guerra, que desperta e sente pela primeira vez a falta de um membro amputado.

Por alguns instantes, fiquei sentado à cama, no quarto às escuras. Acendi então a luz, que banhou o cômodo repleto de detalhes que evocavam lembranças — sobre a mesinha de cabeceira, uma foto no porta-retratos. Uma foto do casamento.

Contemplei-a longamente. Um alegre casal, celebrando um casamento que não duraria dois anos...

Era preciso dar um fim nisso tudo.

Tirei as fotos de todos os porta-retratos espalhados pelo apartamento, coloquei em um envelope e guardei em uma gaveta, onde ficavam os muitos álbuns de fotos que havíamos acumulado.

Fui, em seguida, esvaziar o guarda-roupa. Na gaveta das roupas íntimas, perturbaram-me algumas peças provocantes, fantasiosas, utilizadas algumas vezes com a intenção de apimentar nossa intimidade.

Com o coração dilacerado, fui jogando tudo dentro de caixas de papelão, que depois amontoei em um canto na área de serviço. Formei o plano de doar todas as peças de roupa e calçados a alguém que tivesse interesse, na primeira oportunidade.

Depois de algumas semanas de profunda tristeza, a paz retornou ao meu coração.

Foi de súbito que aconteceu. Depois de uma semana sombria, de tempo embaçado e chuvoso, no sábado a manhã surgiu completamente límpida, com o sol incidindo sua forte luz sobre o musgo dos telhados, das paredes, das calçadas.

Essa luminosidade repentina parece ter tido o efeito de dissipar também as escuras nuvens que pairavam em meu mundo interior, pois senti-me invadido por um vivo bem-estar, como há tempos não acontecia.

Saí à sacada do apartamento — também pela primeira vez nesses últimos tempos —, encostei-me preguiçosamente ao guarda-corpo e contemplei a cidade. Que belo dia!

Depois fui olhar ao espelho meu vincado rosto, no qual vicejava uma barba de cinco dias, pontilhada de fios brancos; notei as negras olheiras que adornavam meus olhos, assustadores de vermelhidão. Então decidi cuidar melhor de mim desse dia em diante, encerrando a temporada de luto.

Procurei nas caixas de papelão uma foto de Jaqueline, uma de minhas favoritas, que enfeitava meu empoeirado quarto de estudante quando ainda éramos namorados. Como estava bonita! Coloquei-a sobre a cama, ajoelhei-me e, num esforço de comunicação com o Além, balbuciei em prece as seguintes palavras:

— Jaqueline, onde quer que você esteja, rezo para que esteja bem, melhor até que ao meu lado... Já não posso mais cuidar de você nem você pode mais ser minha esposa... Imagino que a tristeza dos entes queridos deva ser uma fonte de sofrimento para uma alma que se foi... Por isso, desejo agora, com todas as minhas forças, reconstruir meu mundo, e sei que você, se estiver me vendo de algum lugar, sentirá grande alegria por me ver de novo sorrindo...

Grossas lágrimas corriam de meus olhos. Ergui-me, fui ao banheiro enxugar o rosto — e vi que um suave sorriso desenhava-se em meu sofrido semblante.

Creio serem pertinentes algumas palavras que me apresentem e que definam brevemente minha condição atual.

Tenho trinta anos e sou agora um homem completamente sozinho. Filho único de um casal de estrangeiros, fiquei órfão de pai aos dez anos, e de mãe aos dezenove. Viúvo, não tenho família, nem parentes, nem nada. Vivencio precocemente a situação que costuma ocorrer às pessoas idosas que, ainda com saúde o bastante para cuidar relativamente bem da própria vida, distantes ou abandonadas pela família, veem seus últimos anos transcorrerem na mais completa solidão.

Agravando a situação, faz apenas três meses que vivo nessa cidade grotesca, e por isso ainda não tenho amigos. Tê-los-ei um dia?

Cidades grandes são assim: não há mais onde se enfiar gente, e, no entanto, vive-se como em uma solitária cabana perdida no meio do deserto.

Mas, mais triste que não ter amigos, talvez seja apegar-se indecentemente à vida solitária. Tenho tido essa inclinação, que vejo como uma perversão libidinosa.

Ultimamente tenho me entregado a manias. Às vezes deixo que escureça dentro do apartamento e, sem acender as luzes, ponho-me a vagar por entre a treva dos cômodos, orientado por breves fagulhas do isqueiro, quando indispensável. Com essa ausência provocada de energia elétrica, sinto mais concretamente a condição de solitário na cabana do deserto.

Tenho deixado à solta pensamentos mórbidos: se eu, por algum motivo, viesse a morrer sozinho aqui dentro, como isso viria à tona? Por minhas sempre inadiáveis tarefas no trabalho, que ficariam seguidamente por fazer, ou pelo avanço da putrefação do cadáver, com o mau cheiro invadindo a área comum do andar, onde os vizinhos esperam pelo elevador?

E por que tenho eu de imaginar coisas desse tipo? Mísero...

Já se passaram seis semanas desde o dia do enterro.

Levei a cabo a decisão de doar as roupas de Jaqueline. Falei com as duas irmãs que fazem, em sociedade, a faxina aqui no apartamento e em muitos outros do prédio.

São duas jovens bem espigadas, diaristas, de vinte e poucos anos; fazem a faxina trajando roupas velhas, largas e deselegantes, mas, quando terminam, tomam banho e se vestem com mais capricho e sempre com uma pontinha de sensualidade, à moda das moças do povo; e estão sempre bem-humoradas, de bem com a vida; acho que gostam de trabalhar aqui, porque não as aborreço como devem fazer muitas de suas patroas.

Quando lhes comuniquei a intenção de doar-lhes as roupas, surpreendi-me com sua reação. Não se entusiasmaram com a oferta — pelo contrário, ficaram sérias e ressabiadas. Compreendi que um receio supersticioso as visitava no momento, um receio forte a ponto de inibir a queda que as mulheres têm por roupas e calçados.

Tentei convencê-las:

— O quê? Não querem? Estão com medo? Ah, mas que besteira! Olhem aqui, tem calças, sandálias, saias... Olhem esse vestido...

Olhavam caladas, com um tímido interesse no olhar. Apelei para a lembrança de Jaqueline:

— Deixem de besteira... Olhem, se a Jaqueline, de algum lugar, puder nos ver agora, ela deve estar torcendo muito pra vocês aceitarem, porque ela gostava muito de vocês... Ela não precisa mais dessas coisas, e é um favor que vocês me fazem levando isso daqui...

Aceitaram. Meu apelo foi tão convincente que cheguei a adivinhar a visão que deve ter se formado em suas mentes — Dona Jaqueline, patroa generosa, discreta e chique, vestida de branco, envolta por diáfanas luzes, de algum lugar etéreo, oferecendo-lhes as roupas com um sorriso de santa no rosto; e, ao que tudo indica, aceitaram com as consciências livres de qualquer sombra, bem-dispostas a desfrutar dos presentes. Assim é a gente humilde do povo: têm sentimentos extremos, de tudo ou nada, amor ou ódio; não parecem afeitos ao meio-termo.

Tanto que até me pediram para experimentar algumas peças no banheiro, antes de irem embora. Trancaram-se as duas juntas; notei que conversavam e debatiam em voz baixa a cada peça de roupa que experimentavam. Depois de algum tempo, percebi que começaram a rir, um riso entrecortado, irreprimível, que tentavam inutilmente abafar; e deduzi que estavam a testar em seus robustos corpos as picantes peças íntimas de Jaqueline, as mesmas que dias antes me tinham feito chorar.

Pode um homem desafiar a solidão e o tédio, e sozinho festejar à força?

Eu havia conhecido uma mulher jovem, bela, com ar de penetrante inteligência.

Numa manhã, depois de adiantar minhas tarefas no escritório, saí para uma breve pausa na área de fumantes do vasto e eclético edifício comercial onde trabalho e vislumbrei uma garota que de imediato achei interessante, sentada no banco de cimento, fumando com expressão sonhadora.

Sentei-me também ali por perto e puxei assunto. Trocamos algumas frases convencionais: que era bom dar uma pausa para um cigarro, que graças a Deus o dia era sexta-feira, que a previsão para o final de semana era de chuva... Mas foi o suficiente para que eu, num impulso estabanado, muito precipitadamente, fizesse um convite para um jantar em meu apartamento, para a noite do mesmo dia... Anotei o endereço em uma folha de papel, deixei em suas mãos e sumi sem nem esperar resposta, ao estilo de um herói de filmes de aventura.

O longo período de privação dos carinhos femininos, as noites solitárias no soturno apartamento, de móveis pesados e à antiga, que já começam a dar-lhe o ar de uma solene casa mal-assombrada, devem ter debilitado o meu discernimento: chegando a hora marcada, agitadíssimo com a expectativa, eu sequer cogitava a hipótese de que ela pudesse não comparecer.

Passadas três horas após o horário combinado — esperava-a para às nove —, tristemente, retornou-me a sanidade às ideias, e envergonhei-me do papel ridículo que eu havia desempenhado. Uma mulher bonita, ímã constante dos olhares dos homens, certamente adulada no ambiente de trabalho; uma mulher que deve receber tantas propostas quanto um cordeiro receberia mordidas, se jogado em meio a um bando de lobos, aceitaria o convite de um rapaz desconhecido, de dotes físicos sem nenhum destaque e de gestos tão bruscos e inseguros?

Melancólicas, dançavam as chamas das velas nos castiçais — um triste artifício para tornar sedutor o ambiente, mas que resultou fúnebre, tamanha a desolação que se abateu sobre meu ânimo.

Mas a noite havia tomado um caminho sem volta: abri a garrafa de vinho, enchi uma taça, sorvi um volumoso gole. Substituí a tranquila música de fundo por um rock excitante e aumentei bastante o volume.

Quando saí, sobrava só um restinho de vinho na garrafa. A rua me esperava...

Mais meia hora, e eu embicava o carro no estacionamento de um bordel.

O sol da manhã de sábado encontrou-me entre duas mulheres na cama de casal.

Acordara-me a sede. Deslizei suavemente para fora da cama, com cuidado para não acordar as mulheres, que dormiam a sono solto como duas crianças.

Depois de beber um litro de água, tentei organizar as ideias e lembrar-me do que havia acontecido.

Sim, eu havia saciado meus desejos carnais, mas recordava-me vagamente de tê-lo feito em um quarto do próprio bordel. Vinha-me também a lembrança de baratas pequeninas que corriam, fugidias, pelo pérfido leito, sem que as mulheres esboçassem sequer um mínimo de pavor ou nojo.

Uma carência forte, que sobrevivera à satisfação da libido: isso explicava as mulheres em casa. Não sobrara no apartamento uma só gota de vinho ou cerveja, um só cigarro, uma só nota de dinheiro na carteira.

Ouvi um rumor no quarto: uma das mulheres havia despertado. Sentada à cama, nua — era uma morena forte e rija — esfregava os olhos com os dedos, como qualquer pessoa que acaba de acordar. Olhou-me com o olhar inexpressivo de quem retorna subitamente de profundos sonhos, deu-me bom-dia e passou, então, a sacudir a colega.

Foram ao banheiro, tomaram banho, recompuseram-se. Dir-se-ia que a noite que quase me destruíra, para elas, tinha sido o mesmo que nada, e estavam prontas para entrar em ação, se fosse preciso.

Vieram à cozinha, onde eu fazia café. Davam mostras de terem se afeiçoado a mim e pareciam seguras de serem correspondidas. Abraçavam-me, faziam-me carícias sensuais. Tinham fome e perguntavam também por cigarros.

Providenciei um farto café da manhã.

Fui informado, então, sobre uma dívida ainda pendente:

— Você vai sacar nosso pagamento? — perguntou uma delas.

— Vou sim. Vamos lá agora.

Há uma colega de trabalho interessada em mim. Seu nome é Glória.

Eu já havia notado alguns indícios sutis aos quais não dei importância. Uma evidência mais forte, que apareceu depois, dissipou as dúvidas.

Glória aparenta ter menos de trinta anos. No tempo em que eu ainda tinha Jaqueline, quase nunca conversara comigo sobre assuntos pessoais, e a mim sempre parecera antipática e esnobe.

De uns tempos pra cá, porém, parece ver-me com outros olhos e tem-me dedicado uma atenção discreta, mas ardente.

Foi num almoço com a diretoria da empresa que acabei ficando a par de tudo. Depois de terminada a refeição, enquanto o grupo — de umas dez pessoas — conversava amenidades e ria, Glória levantou-se para ir ao banheiro, acompanhada por Luciana, uma colega casada com quem nutre intensa amizade; por coincidência, no mesmo momento também dirigi-me ao banheiro. E através da fina parede que separa o banheiro masculino do feminino, ouvi, estupefato, o seguinte diálogo intercalado de risadas:

— Hoje até que ele está mais alegrinho, não?

— Pois é, menina, ninguém vive de tristeza por muito tempo...

— Mas ele está emagrecendo... E vive com umas olheiras! Mas sabe que eu até gosto de homem assim, com aparência meio doentia? Fica sensual, parecendo aqueles vampiros de filme... — disse rindo.

— Mas você não acha que ainda está muito cedo pra ele ter se esquecido da esposa, não?

— Se ele se esqueceu, não sei. O que sei é que ele convidou a Josi, uma perua lá do nono andar, pra um jantar na casa dele. Que raiva!

— E ela foi?

— Não foi, e ainda contou pra um monte de gente.

— Então você não pode ficar de bobeira não, menina! A coisa tá feia hoje em dia... Um segundinho que você se demora, vem outra e nhac!

— Ai, amiga, não sei o que faço... Ele parece que nem me nota...

— Então você deve se fazer notar... Se aproxime mais, puxe assunto... Logo, logo ele te convida pra jantar... Quando eu estava paquerando meu marido, e ele não tomava uma atitude, sabe o que fiz?

— O quê?

— Fiquei três horas de tocaia em frente à casa dele, num sábado à noite. Quando ele saiu, saí atrás, e o encontrei num barzinho como se fosse por acaso...

— Ai, não vejo a hora de ir jantar na casa dele...

— Será que ele cozinha bem?

— Eu sei lá, eu como qualquer coisa. O importante é ele me convidar...

— E você não tem medo da falecida vir puxar seu pé na cama, não?

— Credo, Lu... — riu novamente.

Glória é uma mulher um pouco alta, magra, de cabelos castanhos e ondulados. Engenheira civil, tem reputação de boa profissional. É bem feminina no vestir, o conjunto dos trajes denuncia sempre uma cuidadosa escolha das peças e um esforço para não passar despercebida, ao estilo das mulheres que estão à procura de um par.

É uma mulher bonita, pode-se dizer. Tem pernas longas, bem torneadas, pele clara de aspecto firme e saudável, com algumas pequeninas manchas negras que embelezam pelo efeito do contraste; as mãos também são bonitas, com dedos longos e veias visíveis, em relevo.

Ao que tudo indica, um homem que a tomasse como companheira não teria muito o que reclamar da vida. O que me impede, então, de fazê-lo, trazendo de volta a alegria de uma presença feminina a meu desolado lar?

Que razões justificariam minha fria imobilidade?

Os motivos são múltiplos, complexos, mesquinhos e atormentam-me.

O retorno forçado à vida de solteiro, depois de um curto período de readaptação, começa indecentemente a agradar-me. Não me sai do pensamento a noite com as duas garotas de programa, e, com muito custo, tenho reprimido o impulso de repetir a dose. A possibilidade de uma vida de promiscuidade, aprazível à natureza animal do homem, atrai-me irresistivelmente como o cantar de demoníacas sereias.

Além disso, não houve como poupar Glória da inevitável comparação com minha falecida esposa, e perto desta última, a primeira parece-me insípida como uma boneca de vitrine.

Jaqueline era uma mulher morena de compleição forte e de contornos voluptuosos, aos quais a prática assídua de exercícios de musculação conferia um acento adicional. Não raro, roupas que seriam discretas se vestissem outra mulher, no corpo de Jaqueline resultavam perigosamente indecentes, e muitas vezes eu me via na obrigação de instar para que trocasse de conjunto antes de sairmos para algum jantar ou outro evento social qualquer.

Com Glória, dá-se o contrário — é esguia como uma modelo de passarela. Há quem aprecie mulheres magras, mas, sobre mim, seus comoventes esforços na busca da sensualidade não surtem praticamente nenhum efeito. Como poderia eu desposar uma mulher cujo apelo sexual me é praticamente inócuo?

Noite passada, saí pelas ruas da cidade, sozinho em busca de divertimento. Eram umas dez horas quando tirei o carro da garagem.

Acostumado à vida de casado, não sabia aonde ir. Sabia apenas que queria alegrar-me em um ambiente qualquer onde houvesse garotas, mas que não fosse o bordel. Vaguei por longo tempo pelas avenidas ermas, canalizadoras de um vento hostil e persistente que repelia os pedestres para dentro de suas casas; parei, por fim, em uma choperia.

Estava escasso o movimento pelo amplo salão onde se distribuíam as mesas. Perto de mim, um jovem casal jantava, conversando pouco; no lado oposto, uma família completa, com dois filhos pequenos, comia os pedaços de pizza que o garçom ia servindo; e em uma mesa à beira da janela, com vista para a rua, dois rapazes conversavam e pareciam estar bebendo há horas.

Enquanto eu bebia a primeira dose de uísque, a família pediu a conta; logo depois, foi a vez do jovem casal. Restamos eu e os dois rapazes bêbados, e os garçons começaram a recolher e empilhar as cadeiras de plástico.

Fui até a mesa dos rapazes, dei boa-noite:

— Vocês sabem de algum lugar bom, com uma baladinha boa nessa cidade? Não conheço nada aqui.

Ofereceram-me uma cadeira. Disseram-me que estavam justamente saindo para uma danceteria e que eu poderia segui-los com meu carro, se quisesse. Continuaram a conversar entre si, comentando sobre as mulheres do escritório em que trabalhavam, uma a uma.

Uma hora depois, entrávamos na danceteria. Era um ambiente fervilhante, repleto de belas garotas — um verdadeiro oásis em meio ao vazio das ruas.

Encostei-me a uma parede; parecia-me que a música eletrônica — com sua percussão frenética em volume altíssimo — alterava-me os batimentos cardíacos, que pareciam seguir seu ritmo hipnótico.

Meus dois parceiros de noitada pareciam ter chegado a um ponto insustentável da embriaguez. Da choperia, já muito bêbados, deveriam ter ido dormir; no entanto, com o discernimento entorpecido pelo excesso do álcool, foram parar na danceteria — é assim que a embriaguez alimenta a si mesma.

Curiosamente, o mais corpulento dos dois — cujo volume de sangue deveria, em princípio, comportar maior dosagem de álcool, com menores prejuízos ao sistema nervoso —, era o que mais visivelmente sentia os exageros cometidos. Mudo, alheio a tudo, semiadormecido, dava bruscas guinadas com a cabeça, à maneira de marteladas no ar, cochilando em pé. Seu amigo, mais miúdo, apesar de dar mostras de adiantado grau de embriaguez, ao menos se mantinha acordado e em atividade, segurava pelo braço cada menina que passava diante de nós, em tentativas seguidamente frustradas de abordagem.

Receei pela explosão de uma briga e aconselhei o franzino rapaz a comportar-se melhor, no que fui atendido por uns dois minutos somente. Com isso, resolvi afastar-me deles.

Fui esgueirando-me por entre a multidão, através do ar esfumaçado e abafadiço, até descobrir um segundo ambiente. Nele, havia um pequeno balcão de bar e algumas mesinhas, onde as pessoas conversavam, valendo-se do isolamento acústico entre o recinto e a pista de dança.

Pedi uma dose de uísque, sentei-me em uma das mesas e pus-me a observar os frequentadores. Em uma mesa de canto, um casal começou a beijar-se desesperadamente, o que levava a crer ser aquele o seu primeiro beijo.

Chamaram minha atenção duas garotas em uma mesa próxima. Uma delas era loira, alta e tinha cabelos encaracolados até o meio das costas. A outra tinha um belo rosto, de pele clara, que formava um belo contraste com o negro dos cabelos, de comprimento modesto; fumava charmosamente um cigarro.

Terminei rapidamente a dose de uísque, levantei-me e fui até sua mesa:

— Com licença, será que eu poderia me sentar aqui com vocês para conversar um pouco? — arrisquei, dirigindo o olhar preferencialmente à de cabelos negros.

Olharam-me em silêncio; a loira mantinha um ar tranquilo e impassível, parecia fazer esforço por manter imóveis até mesmo os músculos do rosto, enquanto a morena encarou-me francamente, mas só por um segundo; desviou rapidamente o olhar para a cadeira que sobrava e que me serviria, e depois fitou a amiga. Pareceu-me que uma queria deixar para a outra a decisão.

— Posso me sentar ou não?

— Sente-se, fique à vontade — respondeu a morena, com um tom forçado de cortesia.

Apresentei-me, e elas, por sua vez, informaram-me seus nomes. Mas foi só: começaram a dialogar animadamente uma com a outra (haviam trocado pouquíssimas palavras antes de minha abordagem), excluindo-me da conversa de forma tão deliberada que fui obrigado a pedir licença e sair dali.

Vaguei sem rumo pelas beiradas da pista. Observava as muitas mulheres que passavam por mim, e foi então que avistei Glória, dançando com duas amigas.

Comprimi minhas retinas, aguçando a vista: Glória trajava uma calça jeans de um azul forte e vivo, que lhe caía bem nas longas pernas, e conversava com as amigas, falando-lhes junto ao ouvido para vencer o altíssimo som da música. Ria muito, o que contrastava com seu temperamento usual no ambiente de trabalho. Parecia um pouco embriagada.

Observei-a por algum tempo, pensando em aproximar-me.

Mas pensei por um tempo longo demais — um rapaz, que dançava ao lado do trio de amigas, foi mais rápido: conversava já com Glória, falando-lhe bem perto ao ouvido. Glória desmanchava-se em sorrisos, o que me envenenou a alma.

Súbito, o rapaz então se afastou, caminhando em direção ao bar. Com certeza, demoraria apenas o curto tempo necessário para comprar uma ou duas cervejas, e já estaria de volta; eu não poderia demorar-me nem mais um segundo.

Aproximei-me rapidamente de Glória, e sem que ela tivesse me visto, peguei-lhe levemente pelo braço. Ao virar o rosto e me ver, arregalou os olhos de surpresa, depois sorriu. Então, abraçou-me forte e demoradamente, parecendo descarregar um afeto represado há tempos. Apresentou-me às amigas, que deram mostras de já terem ouvido falar de mim.

O rapaz voltou com as cervejas e foi-me também apresentado. Percebeu rapidamente que não poderia rivalizar comigo e passou a conversar com as amigas de Glória.

— Nunca esperaria te encontrar aqui...
— Pois é, precisava sair um pouco do apartamento, pra não endoidar...
— Fez bem, aqui é legal...

Da danceteria, Glória e eu rumamos diretamente para meu apartamento, cada um em seu carro.

Abri uma garrafa de vinho e antes que tivéssemos terminado a primeira taça, beijamo-nos sofregamente — Glória extasiada pela realização de desejos longamente cultivados, e eu a desfrutar sequiosamente de sua acolhida, carente como um cão de rua.

Passaram-se alguns meses.

Num final de tarde, eu bebia em um boteco próximo de casa, cujos frequentadores já me eram conhecidos:

— Mas sabe que eu gosto do senhor? Sabe por quê? Porque o senhor, apesar de ser estudado e bem de vida, é uma pessoa simples. E vou confessar uma coisa: o senhor me parecia muito arrogante e metido no começo. Mas é porque o senhor fala muito pouco... Depois, fui vendo que o senhor é exatamente o contrário: é humilde e gente boa. E digo mais, aqui do bar o senhor é o único que eu considero...

Comentários jocosos irromperam das mesas ante essa última colocação, e o Seu Joaquim Sapateiro teve que aumentar o volume da voz:

— É isso aí mesmo, aqui nesse bar, nenhum vale a pinga que bebe...

— Então por que você não vai beber lá no Seu Agenor? É porque só o Carlão ainda tem coragem de marcar fiado pra você...

— O que eu bebo, eu pago. Não sou como vocês, e etc. etc.

Aborrecido pela palestra interminável que me dirigia o Seu Joaquim, resolvi pagar a conta e ir embora.

Nas calçadas do centro da cidade, repletas de gente durante o horário comercial, estava já bastante rarefeito o movimento de pedestres. Nos sacos pretos de lixo, remexiam os catadores de papel. Invadido pela melancolia, tomei o rumo do apartamento, onde Glória me aguardava.

Após aquela noite em que nos encontramos na danceteria, Glória passou a visitar-me assiduamente, até que lhe dei uma cópia da chave. Pouco tempo depois, estava já morando comigo. E então, o que eu temia aconteceu: a atração inicial, submetida ao surdo agir da rotina, esfriou rapidamente.

Compreendi ter cometido um erro que agora eu precisava corrigir. Mas como?

Adotei a estratégia de minar-lhe a paciência. Faz uns três meses que tenho me ausentado sistematicamente de casa à noite, até depois das onze. Na maioria das vezes, fico no boteco, jogando sinuca, conversando. De vez em quando, vou ao cinema.

Nada disso parece estar surtindo efeito: Glória parece estar disposta a suportar tudo com resignação, talvez esperando que as coisas melhorem. Mas sei que tem sofrido.

Certa vez, quis brigar comigo por eu ter chegado tarde, como faz a maioria das mulheres. Mas, no nosso caso, tal reação era justamente o que eu procurava. Entre a torrente de ofensas que me dirigiu na ocasião, esperei em vão ouvir algo do tipo "para mim chega, eu vou-me embora!".

Depois de desabafar amargamente diante de meu mutismo, desistiu de dirigir-me a palavra e rompeu em pranto. Chorou sozinha, sentada ao sofá, exausta, vencida pela frustração.

Não me divirto com tais espetáculos, não gosto de causar o mal a ninguém. Mas que fazer?

Certa noite, sentindo, por algum motivo, uma indigestão um tanto nauseante, deixei a choperia onde eu havia bebido uma única tulipa de chope e retornei mais cedo que de costume para casa.

Ao adentrar o apartamento, ouvi três súbitas e seguidas pancadas, que delatavam o fechar apressado de gavetas de madeira, no cômodo que me servia de biblioteca e escritório.

Deduzi de pronto que Glória havia aproveitado minha ausência para revirar o pequeno armário onde eu guardava as fotos dos meus tempos com Jaqueline.

Encontrei-a sentada ao chão, lixando as unhas. Fingi não ter percebido nada, cumprimentei-a com frieza e, em seguida, liguei o computador no mesmo cômodo. Ficamos algum tempo em silêncio; ela então levantou-se e foi à cozinha.

Abri ansiosamente as gavetas, que de fato haviam sido postas na mais completa desordem. Por cima do monte de álbuns, algumas fotos destacavam-se, soltas — em todas estas, na piscina, na areia da praia, na quadra de vôlei, na academia de musculação, Jaqueline exibia satisfeita seu exuberante corpo...

Através de seguidas sessões de musculação, mais pesadas a cada semana, Glória foi modificando seu porte físico: rapidamente, aumentaram-lhe o diâmetro das coxas, dos braços, do pescoço; avultaram-lhe também os contornos das costas, dos glúteos; até as mãos engrossaram, calejadas pelo atrito com o aço dos alteres.

Depois, acrescentou à rotina assíduas sessões de banho de sol, sempre que possível; e a tonalidade da pele, antes de uma palidez formosa, amorenou-se, transfigurada.

Em seguida, vieram as tatuagens — quatro ao todo, replicando em cada ponto, sem limites na obsessão, as mesmas figuras que um dia enfeitaram o alegre corpo de Jaqueline: no busto esquerdo, em vívido vermelho, um coração varado por flecha, respingando gotas de sangue; nas costas, logo acima das nádegas, um sol radiante; na lateral da canela direita, uma rosa com uma longa haste;

e na virilha esquerda, próximo à cintura, um delicado beija-flor...

Remexendo em minhas coisas antigas, deve ter descoberto também algumas filmagens, a que provavelmente deve ter assistido repetidas vezes. Só isso explicaria a assombrosa imitação de cada trejeito peculiar de Jaqueline: o andar caprichoso, suavemente gingado, de mulher bonita que preza sua plateia; o frequente costume de arrumar os cabelos em um coque, expondo a nuca; o gosto pelo uso de óculos escuros; e o mais arrepiante de tudo, o gargalhar... Um gargalhar breve e franco, de explosão que se contém até não mais poder, irrompendo por fim em deliberado escândalo...

Quatro vezes por semana, no cômodo que hoje é uma academia de musculação, após a pesada ginástica, completamente absorta em si mesma, Glória contempla ao espelho seu novo corpo... Parece enfeitiçada...

De vez em quando, Glória me convida ao prazer, com um timbre alheio na voz sussurrante... Por vezes, eu cedo a seu flerte... E na penumbra do quarto à meia-luz, contemplo as tatuagens em seu sólido corpo — um calafrio me percorre a espinha, e eu estremeço...

A paineira seca

Diz-se que, há muito tempo, há uns cem anos mais ou menos, as tropas de mula e gado de corte entupiam a espaçosa encruzilhada da Paineira Seca, antes de embarcarem nos vagões da companhia da estrada de ferro. Áureos tempos... Naquela época, por esses lados, o trem era uma respeitadíssima vanguarda tecnológica, e a estação, alta e imponente como em nenhuma outra cidade do interior, era para os antigos moradores motivo de orgulho.

Eram outros tempos, em que os homens andavam a cavalo, tinha-se medo da tocaia da onça nas estradas, e o banditismo não preocupava mais que as lendas de assombração. E acreditem, a cidade era um importante entreposto comercial.

Mas tudo isso acabou. Com o advento do transporte rodoviário, quebrou a companhia da estrada de ferro, o mato escondeu os dormentes do trilho, e os moleques quebraram todas as vidraças da estação, que virou habitação de morcegos. Veio a construção da rodovia federal, mas o prefeito era da oposição, e os operários que seguiam pavimentando a estrada velha do oeste, trinta quilômetros antes da cidade, tiveram que envesgar em direção a F... abrindo uma nova picada no cerrado, em prol dos interesses do partido de situação.

Isolada e pobre, de acesso precário, distante da rodovia federal, a cidade é hoje uma sombra desse passado de glórias, de que uns poucos moradores mais velhos ainda se lembram. Lugar parado no tempo, desses cuja calmaria impressiona os forasteiros e se fixa na memória.

Em lugares assim nem causa surpresa que ainda persistam lendas sobrenaturais, e também não surpreenderia o fato de serem levadas a sério pela população. Pois é o que acontece na cidade, que tem numa encruzilhada a antiquíssima e famigerada Paineira Seca.

Uma árvore que parece morta há décadas, projetando seus galhos espinhentos rumo ao céu, sem folhas na maior parte do ano, e um bandoleiro enforcado pela patrulha em um de seus galhos, na época do trem-de-ferro — esta combinação deu ensejo ao surgimento de uma pitoresca crendice popular. Acredita-se na cidade que qualquer um que tiver a coragem de urinar no tronco da referida árvore teria depois que dar satisfações, ainda em vida, à alma do enforcado, o temível Canivete Cego.

A ruindade do bandido tinha feito fama em seu tempo. Dizia-se que tinha o costume, sempre que possível, de cortar a orelha dos desafetos — muitas vezes, antes da execução —, para dar de alimento ao cachorro. E por crueldade, tinha para a tarefa um instrumento especial, um canivete cego, que prolongava o martírio, daí o apelido. Enquanto forçava a lâmina contra a cartilagem, ia dizendo: "Ô canivetinho ruim de corte, esse meu..." Talvez por isso, ninguém na cidade tem curiosidade para testar a veracidade da lenda.

Até houve quem tivesse a ousadia, mas não era da cidade; era caminhoneiro. Embebedou-se no bar do Aristides, e quando ficou sabendo da lenda, zombou muito, ridicularizou a índole supersticiosa dos nativos, e foi cambaleando urinar atrás do grosso tronco da árvore. Depois foi dormir no hotel, no dia seguinte saiu cedo e terminou sem querer confirmando a lenda, pois, no fim da tarde do mesmo dia, correu a notícia da carreta tombada sobre o rio T..., com o motorista morrendo afogado dentro da cabine. Quando içaram o caminhão, a cabine estava muito amassada do choque com o fundo do rio, o que talvez pudesse explicar, pela ação de alguma parte cortante da lataria, o fato de o cadáver ter perdido a orelha esquerda. Mas, para o povo da cidade, esse detalhe impossibilitava qualquer dúvida — o Canivete Cego, com a autorização do demônio, tinha voltado para fazer mais uma vítima...

De todos os habitantes da cidade, o mais temeroso das ameaças sobrenaturais é justamente o protagonista de nossa história. Trata-se do Cosme da Venda.

É um rapaz na casa dos vinte e cinco anos, filho do velho dono da venda, este um senhor quase aposentado.

O jovem passa os dias atrás do balcão e já assumiu quase integralmente as tarefas do velho pai no estabelecimento. Forte e alto, tem uma saúde que lembra um tronco de aroeira; tem como principal hobby jogar futebol e, devido talvez à escassez de partidas no lugar — pela dificuldade de se reunir jogadores em número suficiente —, quando acontece de se agendar um jogo, não sobra na cabeça de Cosme quase nenhum espaço para outra coisa.

Para as coisas da Terra, tem uma valentia à altura de sua robusta compleição física. Nas partidas de futebol, nos desafios do time da cidade contra times de fora, em casa ou não, nunca afina quando sai briga.

Cosme da Venda tem muito medo é de histórias de assombração, um medo que beira a neurose. Qualquer mínima alusão à história do Canivete Cego é coisa para lhe estragar completamente o dia. Mantém sempre uma distância considerável da Paineira Seca, e, quando criança, era divertimento dos colegas tomar-lhe o boné na traição e jogá-lo ao pé da referida árvore, onde lá ficava, abandonado.

De passagem pela cidade, viajantes costumam eleger a venda como ponto de encontro, onde costumam passar o tempo livre contando histórias. Se o tema converge para casos do Além, Cosme é tomado por forte indignação e fecha a cara, pois já não basta essa cidade ser mal-assombrada, esse povo ainda vem com histórias de fora? — e vê-lo protestando nessas horas, sinceramente contrariado, é mais uma distração tradicional do povo da cidade.

Aproximava-se a virada do ano, e algumas circunstâncias fizeram com que o ano novo começasse de forma lamentavelmente ruim para Cosme.

O ano velho havia chegado ao seu último dia — uma sexta-feira. Que belo dia! Os jardins e quintais das casas, com árvores frutíferas e plantas da homeopatia popular, agradecendo às generosas chuvas da estação, ostentavam sua beleza, e o próprio ar carregado de umidade fazia-se muito agradável de se respirar. O sol incidia sua luz franca sobre a terra molhada, de onde subiam diáfanas exalações de vapor.

A exuberante festa da natureza agia imperceptivelmente sobre o humor dos habitantes, e lá pelas cinco da tarde chegaram à venda do Cosme, com a roupa suja do trabalho e muita vontade de se embebedar, três companheiros de futebol.

A ocasião do último dia do ano, que havia sido bom e sem sobressaltos consideráveis, caindo justo na sexta-feira, dia naturalmente propenso a excessos, fez com que Cosme — de temperamento sistemático e moderado na bebida — cedesse aos convites dos companheiros, fechando a venda quinze minutos mais cedo que de costume. Foram para o bar do Aristides.

Começou então a bebedeira, que para Cosme talvez tenha sido a mais desregrada de toda a sua vida.

Ficaram no bar do Aristides até dez e meia da noite, quando foi preciso fechar a conta, pois queriam ver de banho tomado e roupa nova o foguetório na praça da igreja.

Em casa, tomando banho, ao erguer uma das pernas para esfregar um pé, Cosme perdeu o equilíbrio e, na tentativa de escapar do tombo, arrancou do suporte a cortina de plástico. A mãe estranhou seu estado.

Na praça, continuaram na cerveja, estimulados pela presença das belas moças da cidade. Lá pelas duas da manhã, Cosme já não tinha mais condições de continuar na festa e voltou para casa com os braços apoiados nos ombros de dois amigos.

Por capricho do destino, o que deveria ter sido uma simples e ordinária farra da juventude, sem maiores consequências além da violenta ressaca, resultou de pronto num impiedoso processo de sofrimento psicológico, cuja persistência determinará o desenrolar da presente trama.

No dia seguinte, os três amigos vieram contar que Cosme, em certo momento da madrugada, tomado por um impulso de coragem irresponsável, no auge da embriaguez, teria urinado no tronco da Paineira Seca.

Ao ouvir sobre o acontecido, num primeiro momento, Cosme acreditou tratar-se de uma brincadeira; mas depois, diante da expressão séria e sombria no rosto dos colegas, esboçou um sorriso forçado:

— Vocês não têm mais o que fazer não? Ficam combinando de passar trote nos outros?

— Não combinamos nada não, pode perguntar pra qualquer um que estava na praça...

Cosme ia empalidecendo; pigarreou; pediu um copo d'água à mãe; levantou-se, ligou a televisão para disfarçar; esperou um longo minuto, e voltou ao assunto:

— Mas vocês estão com uma brincadeira muito besta...

— Não é brincadeira não... O Alex brincou que você era o metido a valentão da cidade, mas que não tinha coragem de passar na sombra da Paineira... E aí você falou que tinha coragem para urinar no tronco... A gente tentou impedir, mas quem consegue te segurar?

— E aí, eu urinei?

— Urinou, e ainda ficou gritando: "Eu quero é o Canivete Cego! Aparece aqui, cachorro! Bandido sem-vergonha! Aqui tem raça dos Gouveia!".

Cosme tinha poucas lembranças da noite do Ano Novo. Lembrava-se de que havia saído bêbado do bar do Aristides e do tombo no banheiro; chegara à praça, onde o esperava a turma; além de cerveja, ofereceram-lhe um pouco de bebida destilada... A partir daí, não gravara praticamente mais nada.

De forma que o fato contado pelos colegas tolhera-lhe completamente a paz de espírito. Como se é feliz sem saber, no cotidiano de uma vida monótona e sem grandes preocupações!

Depois de uma noite de péssimo sono, passada praticamente às claras num suarento revirar sobre os lençóis, após ter ouvido um por um os primeiros cantos dos galos, às cinco e meia da manhã de domingo, Cosme achou conveniente levantar-se, fazer um café e ir buscar consolo espiritual na missa das seis; pretendia também confessar-se, o que julgava ser de bom feitio sob as condições adversas em que havia sido lançado pelas mãos do Diabo.

Porque submetido à análise de seu raciocínio simplório de rapaz interiorano, de costumes à antiga, o problema devia necessariamente ter surgido devido à intervenção maligna do Satanás, que havia cochichado em seu ouvido, aproveitando-se de um momento de fraqueza.

No ato da confissão, antes de chegar ao ponto principal, Cosme delongou-se muito em rodeios preliminares, pois, apesar da necessidade urgente de desabafar, sentia vergonha e constrangimento diante do padre. Começou por admitir uma certa impaciência com as manias do velho pai; havia sido também um pouco ríspido com a irmã mais nova, em duas ou três ocasiões; ultimamente, faltara muito à missa; havia visitado o bordel com os amigos, mas só por farra; por fim, vendo que o padre ia já perdendo a paciência com a longa lista de pecados de pouca importância, reuniu coragem e abordou a questão de interesse.

O padre ouviu tudo e, sem poder evitar uma expressão levemente risonha, disse que na cabeça de um cristão com fé não deve haver espaço para nenhuma espécie de superstição ou lenda sem fundamento, e que Cosme deveria rezar um simples Pai-Nosso, pedindo a Jesus que afastasse de seu pensamento o temor que injustamente o atormentava.

Cosme ouviu, voltou para casa e cumpriu a recomendação. Mas não obteve efeito algum; na verdade, no momento mesmo em que rezava, quando passou pelo verso "perdoai as nossas ofensas", imaginou que o perdão de Deus estava sempre ao alcance — o duro era obter o perdão do Canivete Cego.

Em breve, vieram os pesadelos.

A alma do Canivete Cego nunca descia do cavalo. E como corria esse corcel dos infernos! Acompanhava-os o cão, grande e magro como um lobo.

Os sonhos eram todos parecidos. Por algum motivo sempre urgente e importantíssimo, Cosme tinha que atravessar a cidade a pé, à noite, no meio da madrugada, tendo por força que passar em frente à Paineira Seca.

Nas ruas, ninguém, nada, nenhum outro morador vivo. O vento uivava.

Cosme aproximava-se da árvore maldita e de longe, divisava o vulto aterrorizante do cavaleiro. Tinha vontade de dar meia volta e correr para dentro de casa, mas uma estranha força o impelia para a frente. Para a frente, para a frente, mais um pouco...

Sem conseguir recuar, surgia em Cosme a esperança de passar em frente à aparição sem ser interpelado. Para a frente, para a frente, cada vez mais perto...

Distinguia então com nitidez a figura do cavaleiro. Como era horrível! Alto, magro, vestido de preto, com um chapéu largo na cabeça, sob cuja aba destacava-se uma face lívida, ossuda como uma caveira. Fitava Cosme de forma penetrante. O cão consumia-se em uivos chorosos, inquieto, como que aguardando com extrema impaciência a autorização do dono para uma investida atroz. Atada a um galho da árvore, uma corda com um laço na ponta oscilava furiosamente sob a ação do vento.

Cosme avançava cada vez mais. Estava já de frente para o trio monstruoso, mas fingia não ver nada, com os olhos fixos no chão; depois de ter deixado para trás a árvore amaldiçoada e as assombrações, ouvia então atrás de si o lento e cadenciado bater das ferraduras do cavalo, em discretos choques contra o asfalto.

Sem coragem de olhar para trás, Cosme acelerava o passo — mas continuava a ouvir atrás de si a pisada do cavalo, mais rápida também, no mesmo grau. Cosme começava a correr — e, bem próximo a suas costas, o trote convertia-se num galope horrendo, de fortes estampidos férreos, ecoando pelo ar sobrenatural da noite...

Agravando o horror da perseguição, como de praxe nos pesadelos, Cosme sentia as pernas pesadas como chumbo... Olhava então para trás...

Quando acordava de tais sonhos, no meio da madrugada, Cosme tinha a seu redor a família completa, arrancada do sono pelos gritos angustiantes que vinham de seu quarto.

Passaram-se quatro meses.
Numa tranquila e ensolarada manhã de domingo, Cosme descia do ônibus na pequena estação rodoviária da cidade de D...

A viagem havia sido demorada, considerando-se a distância modesta a ser percorrida, de cinquenta quilômetros. O ônibus parava muito, praticamente em cada fazenda à beira da pista, e havia subido gente de todas as idades — de senhoras idosas, que conversavam sem cessar, até crianças de colo, que se revezavam na choradeira. Eram todos gente muito pobre, e impressionava o volume de bagagem que traziam, de complicada acomodação no bagageiro. Houve também dois bêbados, que se conheceram no fundo do ônibus e perturbaram também consideravelmente.

Por isso, a despeito dos inquietantes motivos que o levavam a empreender a viagem, no momento em que pisou fora do ônibus, Cosme foi invadido por agradável sensação de bem-estar e quis até tomar um café na lanchonete da rodoviária. Depois, tirou do bolso uma folha de papel e pediu ao dono do estabelecimento informações sobre a localização de uma rua.

Cosme foi seguindo as dicas do morador, e afastou--se consideravelmente do centro. Conforme a orientação recebida, passou em frente ao Bar Alvorada, e quebrou à direita — já estava na rua que procurava, mas a numeração das casas, confrontada com o endereço na folha de papel, indicava ainda uma boa caminhada.

A casa da velha benzedeira ficava no último quarteirão, na beira do córrego que cortava parte da periferia.

Havia gente na rua, crianças brincando, um velho sentado em um banco de madeira, mulheres limpando as calçadas, tagarelando. Cosme estacou em frente à casa que havia procurado e olhou timidamente para a gente da rua — e sentiu sobre si olhares de ávida curiosidade.

A casa era bem-cuidada, tinha um belo jardim florido e livre de ervas daninhas. Na frente da casa, no alpendre com muretinhas, comum em casas do interior, impressionava o brilho vivo do vermelhão no piso, indicando assídua aplicação de cera.

Cosme bateu palmas, e surgiu do fundo da casa uma senhora magra, de movimentos ágeis e elétricos, com olhar inquiridor.

— Entre, filho.

Foram para uma espécie de varanda aberta nos fundos da casa, e sentaram-se a uma mesa, frente a frente. Junto à parede do fundo, acumulavam-se muitas estátuas e quadros de santos, dos mais diversos tipos, em profusão incontável.

— Dona Aparecida, eu estou com um problema que está me matando... Lá onde eu moro, na Paineira Seca... — e Cosme começou a esmiuçar o motivo de suas angústias, com muita aflição na voz. Mas foi interrompido:

— Eu sei o que te aconteceu, meu filho, não precisa contar o resto...

— Como?! A senhora sabe?!...

— Sei, sim, meu filho, tem alguém com raiva de você e está te perseguindo. Precisamos fazer alguma coisa.

Cosme empalideceu.

— Dona Aparecida, me diga o que tenho que fazer, pelo amor de Deus!

— Calma, meu filho, sua situação é difícil, mas há uma solução — e Dona Aparecida começou um longo relato.

"Eu sou do tempo desse bandido, o Canivete Cego... Me lembro de quando ele foi enforcado, eu era uma mocinha de uns quinze anos... Correu a notícia na região, o cadáver amanheceu pendurado, pra ficar de exemplo... Coisa desse tempo bruto...

Na época em que ele morreu, fazia uns cinco anos que ele andava sumido, meio afastado da bandidagem... Mas a patrulha nunca se esquecia dele, que já tinha matado muitos soldados... Um dia, chegou a hora dele, e dizem que apanhou muito antes de morrer e que pingava sangue do corpo pendurado...

O Canivete Cego foi pego porque já não era mais bandido, tinha perdido a prática... Já não matava mais ninguém nem roubava, só se escondia... Mas não foi possível deitar um pano sobre um passado daqueles...

Na sua cidade, na estrada velha, existe um casarão em ruínas... Esse casarão era um cabaré, uma casa de mulheres, muito tempo atrás...

Havia nesse cabaré uma jovem que cuidava da cozinha e que não se deitava com os visitantes... Dizem que gostava do Canivete Cego... O que se conta é que um dia, de passagem pela casa, o bandido reparou na moça... O coração duro fraquejou, e ele nunca mais foi o mesmo...

Só fazia fugir, nunca mais matou ninguém... De vez em quando, passava pela casa... A moça ia ter com ele, e ficavam em um dos quartos... Mas um bandido como ele nunca podia se demorar, e então ele se arrependia da vida que tinha levado...

Uma noite, a patrulha passou pela casa... Pegaram a menina, queriam saber do paradeiro do Canivete... Foi uma noite horrível...

A menina não resistiu à judiação, e morreu dias depois... As mulheres enterraram o corpo no quintal mesmo da casa, a cruz ainda está lá...

Com isso, o Canivete quase endoidou, e planejou uma vingança muito cruel contra a patrulha... Mas já não era mais o mesmo, tinha sentido o baque, e desandou a beber muito... Já não fazia questão de viver...

Até que uma noite, cambaleando de bêbado em um bar de M..., foi agarrado pela patrulha... O resto eu já contei... Essa é a triste história do Canivete e da Ritinha do Casarão..."

Cosme ouviu hipnotizado a história.

— Mas e então, Dona Aparecida, o que vamos fazer?

— Você vai fazer um agrado pro Canivete, pra ele te perdoar...

— Que agrado, Dona Aparecida?

— Você vai levar umas flores pro túmulo da Ritinha lá no Casarão, acender uma vela, rezar um Pai-Nosso... Pedir a Deus pra que a alma da Ritinha descanse em paz, e que Ele tenha piedade da alma do Canivete...

Parecia fácil a empreitada, mas Cosme era covarde:

— Dona Aparecida, minha mãe pode ir comigo?

— Não, meu filho, ninguém pode ir com você... E tem que ser à noite, na primeira hora da madrugada...

— Mas por que, Dona Aparecida?

— Porque é a hora em que a alma do Canivete passeia por lá...

Ao regressar da visita à benzedeira, Cosme tinha a atenção absorta em tão sombrios pensamentos, o ânimo tão desolado que descuidou do ponto onde devia descer do ônibus, sendo obrigado a retornar cinco quilômetros a pé, na beira da estrada.

Adentrando a cidade, contemplou a Paineira — árvore maldita, que a prefeitura devia ter derrubado há muito tempo!

Ter agora que visitar o ninho das assombrações, sozinho e à noite, para oferecer flores, e ainda demorar-se em rezas... Mais preferível é continuar a enfrentá-los em sonhos, mesmo que todas as noites, até o fim da vida. Talvez se acostumasse, ou talvez se esquecessem dele com o passar do tempo...

No entanto, os pesadelos pioraram, e o Canivete passou a aparecer com a namorada na garupa, confirmando a história que a benzedeira havia contado.

O lamentável cenário dos sonhos era o mesmo de sempre — a rua deserta, a noite, a árvore, o vento e a corda com o laço oscilante —, mas as aparições apresentaram algumas mudanças. No lugar do semblante fechado, implacável e sarcástico, o cavaleiro apareceu com uma expressão de extremo sofrimento no rosto, esfolado por rudes pancadas; o sangue encharcava seu traje negro em vários pontos, e escorria sobre a pelagem alva do cavalo, formando manchas de vermelho vivo. O cão, por sua vez, parecia domado e renunciava aos uivos e ganidos: acompanhava o dono em silêncio, com o caminhar triste e vacilante dos lobos.

 E agarrada firmemente ao cavaleiro, Ritinha do Casarão... Trajava um vestido curto, que lhe expunha as coxas, pressionadas contra o lombo do animal; mas, no lugar da tez sedosa e corada de mulher jovem, aquelas pernas levemente inchadas de cadáver tinham uma pele pálida e áspera de muitas feridas...

 Como de costume, seguiam Cosme... E ao triste ritmo das pisadas do cavalo, sobrepunha-se uma voz de timbre indescritível, que congelava de medo até os ossos...

 — Cosme, você não ia acender uma vela pra mim?

Passou-se mais algum tempo. Entrara o tempo da seca.

 Havia uns sessenta dias já que não chovia, e o sol estava forte, quase como no verão chuvoso. Nas margens da estrada de terra, a poeira — fina como uma farinha de trigo, só que marrom-avermelhada — formava camadas de três dedos de profundidade.

 Era feia a aparência da estrada. Sobre os barrancos na beira, o capim-colonião — seco e imundo de poeira em uns trechos, chamuscado pela queimada em outros — transmitia um estranho sentimento de hostilidade e abandono.

 A cada veículo motorizado que passava, a poeira formava uma névoa opaca e avermelhada, numa altura que se podia ver de longe. A estrada seria evitada de bom grado por todos; no entanto, para alguns desafortunados, isso simplesmente não era possível.

Cosme reduziu a velocidade da bicicleta, gradualmente, até parar em frente ao casarão. Com movimentos lentos, sem vontade, desceu do assento.

A casa ficava numa depressão, à beira de um córrego de margens pantanosas. À entrada, persistia ainda uma porteira em ruínas, que devia ser de madeira de lei, assim como os moirões da cerca, onde restavam pregados alguns pedaços de arame farpado, pendentes em tiras em vários pontos.

Apesar do assalto impiedoso da decadência, o casarão — erguido há quase um século atrás sobre sólido alicerce — resistia orgulhosamente, com um ar de imponência misterioso e desafiador.

No entanto, se sua estrutura básica — alicerce, paredes e boa parte do telhado — havia resistido às intempéries e ao ataque dos vândalos, o mesmo não se dera com o acabamento: as portas e janelas haviam sido arrancadas uma a uma, e o vento atravessava a casa de lado a lado. Nas paredes internas, brigavam por espaço declarações de amor, nomes próprios acompanhados de datas, frases de cunho pornográfico ou de alusão ao uso de entorpecentes, tudo isso impresso em profundos sulcos no reboco ou em caracteres negros, do carvão das fogueiras.

O mesmo capim-colonião da beira da estrada havia dominado todo o quintal em volta do casarão, atingindo uma altura de bem mais de um metro e meio, e desencorajava o caminhar pela área. No entanto, quem, por algum motivo, resolvesse fazer o reconhecimento do terreno, afastando com pés e mãos as folhas cortantes do capim, nos fundos encontrava uma clareira...

Era um círculo de uns três metros de raio, praticamente livre de mato. No centro dele, uma tosca cruz...

Por um momento, Cosme contemplou o rude símbolo cristão, que, seguindo a regra do lugar, parecia construído de robusta madeira de lei. Então, pôs-lhe as mãos em cima, testou-lhe a firmeza com um forte solavanco...

A cruz não se mexia. Para fora da terra, tinha altura de um metro e meio, mas passava a impressão de ter outro tanto, ou mais, enterrado dentro do solo.

Eram umas três horas da tarde, e Cosme — que havia apenas observado rapidamente a situação da varanda frontal do casarão —, resolveu proceder a um exame mais minucioso de seu interior.

Contíguo à varanda aberta, para dentro, havia na casa um amplo salão, que tudo indicava ter sido o núcleo do cabaré, onde os visitantes bebiam com as mulheres acomodados às mesas. Cercando um dos cantos desse salão via-se um balcão em ruínas, ali devia funcionar o bar; depois, para dentro, seguia-se um longo corredor com vários quartos de ambos os lados — ao todo, eram sete. Cosme examinou-os um a um, e eram todos iguais, com seus rabiscos nas paredes e restos de fogueira. Cosme escolheu o primeiro, o mais próximo da saída, e começou a tirar coisas da grande mochila que havia trazido: um fino colchão de camping; um cobertor, também pouco volumoso; três pacotes de velas comuns; uma lanterna; dois sanduíches; um litro de conhaque, para dar coragem; e enrolado em jornal, um pequeno ramalhete de rosas...

Veio a noite, com o frio; e o ar, que durante o calor do dia quedara praticamente imóvel, agitava-se em turbulentas rajadas de vento, aparentemente sem direção definida;

em volta da casa, dançavam furiosamente as touceiras de capim.

Cosme, que chegara de dia na esperança de acostumar-se um pouco com o local, até que conseguiu atingir em parte seu intento, sentado sobre o colchão, lendo um jornal à luz de velas e saboreando uma dose do conhaque. Dentro em pouco, quando chegar a meia-noite, vai ter que sair, deixar o ramalhete ao pé da cruz, rezar um Pai-Nosso rápido, e voltar para dentro da casa. À primeira luz da manhã — acertadas as contas com as assombrações —, é só voltar para casa e gozar o merecido prêmio da superação do medo, com a vida de volta à normalidade.

No entanto, no afã de conseguir um pouco mais de coragem para a difícil missão, Cosme acabou cometendo um leve exagero, tomando mais conhaque do que devia.

Lá pelas dez, encheu mais meio copo, saiu do quarto com a lanterna, e foi ao salão principal, com o espírito despreocupado. Para variar de ambiente, achou melhor ficar um pouco por ali, e acendeu duas velas sobre a ruína do balcão.

Saboreando pequenos golinhos de conhaque, ficou uns dez minutos passeando pelo recinto, de um lado a outro. E pôs-se a refletir sobre a instabilidade das coisas desse mundo: *nos tempos de outrora, aquela mesma casa, como devia ser diferente... Ouviam-se tilintar de copos, música, riso de mulheres — hoje, só esse maldito assovio do vento!*

Dispôs o copo com a dose de conhaque sobre a ruína do balcão, e foi dar uma olhada no quintal.

Passou a luz da lanterna pelo capinzal açoitado pelo vento — por que haveria de sentir tanto receio? Já havia se acostumado à casa, de modo que pôs-se até a imaginar traquinagens — se o bordel não tivesse fechado as portas, na certa haveria de vir tomar um drinque com as meninas, de vez em quando...

Retornou para dentro do salão, e pegou novamente o copo de conhaque... Mas a mão estranhou a leveza: estava vazio!

Em desespero, iluminou o ponto do balcão onde o havia colocado, procurou algum sinal de derramamento... Nada, tudo seco, e empoeirado... Tremendo, dirigiu o foco de luz sobre a borda do copo — e viu uma mancha de batom...

O susto causado pelo insólito fenômeno do copo fez com que Cosme se recuperasse rapidamente da embriaguez.

Voltou para o quarto. Ficou em absoluto silêncio e sondou os ruídos da noite — grilos, vento, murmúrio inquieto do capim. Rente ao teto, esvoaçou um morcego, num diáfano bater de asas, como um espectro de animal.

"Mais uma dose de conhaque, pra rebater" — Cosme considerou mais acertado ficar bem quieto dentro do quarto e fazer somente o mínimo necessário a que se tinha proposto.

Sentado sobre o colchonete, Cosme encostou-se à parede, enrolado no cobertor. Usava roupas grossas, de frio, e sentiu-se aconchegado. Adormeceu...

Adormeceu, mas foi só para ser despertado de forma muito desagradável.

Depois de certo tempo revolvendo-se no sono da embriaguez, Cosme acordou em sobressalto.

De algum quarto nos fundos da casa, vinha um furioso ranger de cama. Era maligno... Apavorante e desesperador, como o que seria ouvido se um dia pudesse Satanás violentar uma santa...

Por sobre o obsceno ruído, gritos e lamentações: "Tenham pena de mim, pelo amor de Deus! Não façam isso comigo, não! NNNÃÃÃÃOOOO!!!".

Num salto, Cosme pôs-se de pé, segurou firmemente o crucifixo que trazia pendurado ao pescoço, pegou a lanterna e avançou em direção ao corredor, tomando o rumo dos quartos mais ao fundo.

Mas já não se ouvia mais nada dos ruídos — tudo havia silenciado, como o prolongamento de um sonho que, após o despertar, continuasse ainda por alguns instantes, misteriosamente.

Naquela noite no casarão mal-assombrado, Cosme presenciou ainda muitas outras coisas do outro mundo. Havia muitas almas na casa, umas atormentadas, outras aparentemente dispostas à farra e à zombaria.

Encolhido sob o cobertor, Cosme rezava fervorosamente, quando foi visitado por uma mulher no quarto que havia ocupado.

Era uma alma de prostituta. Denunciava a profissão que abraçara em vida uma saia apertada nos quadris, o decote ousado, a maquiagem carregada... Parou em frente a Cosme, com uma das mãos à cintura, em pose característica...

— Vim aqui te ver, ouvi dizer que você ia dormir sozinho... Vem comigo pro meu quarto, vou te fazer uns carinhos...

Era uma voz quente, sensual e tentadora, e Cosme apertou ainda mais firmemente o crucifixo que segurava nas mãos.

— Mas você não gosta de mulher, não? Vem comigo, vou te ensinar o que é bom na vida... Vem, e traz o conhaque... — com movimentos convidativos do dedo indicador, a aparição chamava Cosme e foi saindo lentamente do quarto, em direção ao corredor...

Cosme não cedeu à tentação, e a alma se foi — mas no ar do quarto, prevalecendo sobre o cheiro de vela queimada, ficou um perfume de mulher...

Depois disso, por uma hora inteira, Cosme ouviu canções de épocas passadas, tilintar de copos, gargalhadas... Reviviam os tempos de outrora...

Com a chegada da meia-noite, Cosme considerou que era o momento de levar o ramalhete de rosas ao túmulo de Ritinha do Casarão.

O vento havia cessado misteriosamente; no quintal, o capim quedava imóvel.

Não houve percalços à empreitada: Cosme colocou o ramalhete aos pés da cruz, acendeu uma vela sobre a terra e rezou um Pai-Nosso com muita piedade das almas que penavam naquele lugar; depois, voltou para dentro do casarão e dormiu.

Não foi mais perturbado.

Acordou às nove da manhã, com agradável sensação de corpo descansado. A manhã estava esplendidamente bela. Tomou a estrada de volta para a cidade, e as pernas pareciam sentir prazer no exercício de pedalar.

Meses depois, recuperado o gosto de viver, Cosme retornou à casa da benzedeira.

Quem teria sido, em vida, a alma da mulher sedutora naquela noite no casarão, a aparição que tentara Cosme? Teria sido Ritinha?

A benzedeira achava que não, pois Ritinha era uma alma atormentada, incapaz de tais brincadeiras. Achava que a alma em questão era da Bete Endoida Moço, que por muitos anos fora a mais bonita da casa... E que, por uma doença misteriosa, definhara e perdera a beleza, mas que nunca se conformara em deixar o trono... E que por isso, pele em cima de osso, ainda ia se engraçar com os visitantes, sem nunca conseguir mais nada com nenhum deles...

E que, de tão apegada aos seus bons tempos na casa, até hoje ainda vagava por lá, uma aparição com a beleza recomposta...

Mas esse já é um outro caso; a presente história termina aqui.

Suzy

Minha vida adulta é uma história de fracasso. Fracasso de caráter ordinário, pouco dramático, muito comum na vida de pessoas que parecem bem-sucedidas. Consegui um diploma, trabalhei obsessivamente sem gostar do trabalho, e a dura rotina incutiu-me um desejo de compensação que me fez apegar-me ao conforto. Depois de cumprido o dever diário, eu sentia uma necessidade urgente de prazer que acostumei-me a buscar na bebida, até que meu organismo se aprisionasse por completo ao vício. Sem descuidar do trabalho, que eu enfrentava com a força brutal de uma fera, fui arruinando a saúde e a vida familiar.

Pois bem, hoje estou aposentado e divorciado. Moro sozinho em um apartamento, descuidado da higiene. Para não morrer, deixei a bebida, que me deixou sequelas no fígado e na mente. Invadem-me recordações de minha feliz infância. Pobre de mim... Quanta sensibilidade e quantas lembranças se escondiam por trás da carapaça de um implacável espírito prático...

Liberto da obrigação da produtividade, meu pensamento agora faz longos passeios nos caminhos incertos da memória, em perambulações sem futuro. Minha infância... A alma livre de menino, a sede de aventura, o mundo por descobrir... O torpor do desejo aflorando à pele, e o primeiro carinho de mulher...

A reputação da Vilinha era a de um lugar que nunca progredia. Encravada à beira da rodovia de pista simples, que ligava duas cidades sem importância do interior, não tinha independência política. Na época das eleições municipais, os candidatos vinham da cidade com seu cortejo, instalavam um palco na praça da igreja, faziam comícios e promoviam shows com bandas de música, fazendo muito barulho com suas caixas de som gigantes. Alguns candidatos distribuíam refrigerante e balas de graça, gerando alvoroço entre os moleques, e também soltavam muito foguetório, o que desesperava a cachorrada na rua.

No mais, a melancolia tomava conta de tudo. O sol quente castigava os telhados das casas, e quem podia ia para a rua, para debaixo das árvores. As quatro ruas do lugarejo eram curtas e se cruzavam no formato do jogo da velha. Em cada esquina, no mínimo dois botecos, frequentados mais pela gente humilde do campo que vivia nas redondezas, e que via na Vilinha um lugar muito aprazível, onde se tinha muitas opções de consumo, um lugar pra se visitar sempre que se tinha uma folga e, principalmente, um pouco de dinheiro no bolso. Aos domingos, os trabalhadores rurais das lavouras no entorno davam um jeito de chegar até a Vilinha, pedindo carona na rodovia, se fosse o caso, ou varando longos quilômetros de bicicleta ou a pé, tudo pra conseguir, com a cerveja e a cachaça, alguns momentos de distração e relaxamento.

Como forma de entretenimento, além da televisão, eletrodoméstico que tinha prioridade de compra no orçamento das famílias, à frente até da geladeira, o povo podia pescar no córrego do Mata-Bêbado, ou então caçar codornas e tatus nas roças ou no canavial. O córrego era ruim de peixe, não tinha muita água e levava esse nome porque foi dentro dele que o Tião Matias se afogou, com um volume exagerado de cachaça no estômago, fora do normal até pra ele mesmo. No tempo da seca, as águas diminuíam e ficavam muito limpas, o que deixava os peixes ariscos; e se chovia, ficavam barrentas. Nessas vezes, por um mistério da natureza que intrigava os matutos, abundava o mandi-chorão, que frustrava sempre as expectativas, porque, apesar de nunca ter mais que dez centímetros de comprimento, puxava a vara com violência de um peixe grande.

Nesse lugar nasceu e viveu meu pai, até a idade de vinte e poucos anos. Depois, arranjou serviço na cidade, mudou-se, casou e teve três filhos, uma menina e dois meninos, sendo eu o caçula. Mas minha avó quis ficar morando lá, a despeito da insistência de meu pai para que ela fosse morar com ele. Meu pai sempre que podia ia visitá-la. Era carpinteiro e trabalhava muito, mesmo aos finais de semana, para dar conta das muitas encomendas. Quando a saudade da Vilinha apertava, trabalhava dobrado durante a semana, dormindo tarde e acordando cedo. Fechava a cara e conversava pouco nessas horas. Mas lá pela quinta-feira, se tudo tivesse corrido como ele esperava, ficava sorridente e então anunciava, como quem estivesse dando uma boa notícia ansiosamente esperada:

— É, acho que sábado cedo a gente pega a estrada.

A família estava acostumada. Minha mãe era uma dócil e diligente esposa, iria pra lugar bem pior, se fosse a vontade do marido. Pra meu irmão, não fazia diferença, já que na Vilinha também se jogava futebol, no campão detrás da igreja, eu adorava porque era mateiro por natureza (minha mãe dizia que eu era o mais parecido com o pai). Só minha irmã achava muito ruim, dizia que na Vilinha não havia um só moço que se pudesse paquerar, era cada um mais caipira que o outro.

Assim que ficava sabendo da viagem, eu era tomado por uma excitação que mal me deixava dormir. Para mim, a Vilinha oferecia amplas possibilidades de traquinagens junto com a molecada, era isso o importante. De dia, era subir em árvores, pescar e nadar no córrego, vagar pelas estradas poeirentas, soltar pipa no pasto, sem ter que ouvir falar em fios de eletricidade, roubar frutas nos terrenos alheios. E à noite, pra finalizar, brincar de esconde-esconde na praça da igreja, caçar vaga-lumes, jogar besouros pros sapos, sondar as meninas que tomavam banho de bacia no fundo dos quintais. Um deleite atrás do outro, sem interrupção...

O que nos oferece a vida adulta? Quando se é feliz, tem-se uma casa, uma esposa, uma família. Troca-se de carro, procurando melhorar a cada vez. Trabalha-se feito um jumento, agradecendo a Deus por estar livre do desemprego. Triste sina...

Ontem à noite, fui abordado por uma garota de programa na rua. Eu voltava do boteco, onde tinha tomado minhas três garrafas de guaraná, trocando algumas frases com uns conhecidos do bairro. Andando pela calçada, creio que pareço mesmo muito solitário, pois a moça que me encarou com seus belos olhos negros parecia muito confiante de que conseguiria um novo cliente:

— Oi, gato, não quer conversar um pouquinho comigo?

Eu parei. Sempre fui descontraído e brincalhão no trato com as mulheres. O fato de ser abordado por uma mulher alegrou minha alma. Não denunciava minha aparência a ruína em minha saúde? Existiria uma fagulha restante de virilidade, identificada de pronto pelo instinto da mulher? A moça pegou em meu braço e, falando amavelmente, apontou a unha do indicador, longa e pintada, na direção de um pequeno hotel, meia quadra à frente. Simpatizei com os olhos negros, e respondi, sem mentir:

— Você é muito bonita, mas fica pra uma próxima vez. Quem sabe?

Uma novidade estava alvoroçando o povo da Vilinha. O barracão velho da antiga máquina de beneficiar arroz, vazio e sem ocupação havia já cinco anos, passava por reformas. O mandante da obra era um homenzinho magro, forasteiro, de expressão concentrada, que acompanhava de perto o serviço dos pedreiros e andava num carro de modelo de luxo, mas muito derruído e ultrapassado. Esse homem chamava-se Valmir, era jovem, tinha surgido não se sabe de onde e, até hoje, figura em minha memória como um modelo de espírito empreendedor. Em pouco tempo, a transformação se deu: o imóvel que representava só abandono e lembrança de falência passaria a sediar o forrozão Fervura da Vila.

Valmir nutria grandes esperanças de que a empresa vingasse. Trouxe da cidade dois ajudantes: o Tonho do Bar, desempregado profissional há anos, depois que inventou de vender o boteco que, bem ou mal, sustentava a família; e o Natanael, que todos conheciam por ser meio fraco das ideias, um coitado que passava a vida andando pela cidade, para quem os homens pagavam pinga só pra ver o tombo, quase um doido de rua, que vivia com a mãe aposentada. O primeiro ficaria responsável pelo serviço de balcão, e o segundo moraria num quartinho apertado nos fundos, para vigiar o imóvel e executar tarefas diversas. Completavam a equipe um segurança para os bailes e uma faxineira para o dia seguinte.

Já na noite de abertura, os matutos que frequentavam os botecos até que encheram bem o barracão. A música ecoou, alegrando os ares do lugarejo tão carente de entretenimento. No entanto, o baile foi triste: os músicos tocaram para poucos pares dançarem. Meia dúzia de mulheres tiveram que se revezar na dança com uma multidão de cavalheiros, e a combinação do excesso de homens com o excesso de bebida, mais música alta na cabeça, teve o seu desfecho previsível: começo de briga, lâmina de faca surgindo à vista, músicos parando de tocar, baile terminando mais cedo. No dia seguinte, o povo ficou com um sentimento de vergonha por não ter se portado como gente civilizada, dando vexame já na primeira noite.

Já no sábado seguinte, Valmir teve que dispensar a banda que tinha contratado, depois de ter pagado as passagens dos músicos, porque ninguém comprou ingresso e, por isso nem houve música. Era o fim, já no começo.

Mas Valmir não desistiu e apelou para a amizade antiga que tinha com a Marina da Doze, uma velha dona de bordel de M..., que via o negócio passar por sérias dificuldades devido ao absurdo surgimento de uma casa concorrente, numa cidade que já não contava com muitos homens com dinheiro e disposição pra sustentar o ramo.

— Marina, vamos pra Vilinha com as meninas?
— Vou nada. Mas onde fica isso?
— Pros lados de S....
— E por acaso lá tem homem com dinheiro, tem?
— Assim, com dinheiro no bolso, procurando mulher, procurando onde gastar, no baile da minha boate tinha assim uns oitenta sobrando.

A expressão de Marina perdeu o ar de zombaria. Na avidez por obter informações mais seguras, lançou a provocação de dizer que não acreditava, que aquilo tudo era invenção, que não tinha boate nenhuma, muito menos com oitenta homens com dinheiro dentro. Valmir convidou-a para uma visita.

Marina foi, viu o barracão com as mesinhas de metal dobradas num canto, os dois freezers do bar, o balcão e o palco. Não disse nada, mas antes mesmo do final da inspeção, já tinha sido seduzida pelo convite.

— E as meninas, vão morar onde?
— Numa casa logo ali embaixo, vamos já conhecer.

Desceram um pouco a rua. A casa era grande, tinha muitos quartos.

— E quem vai pagar o aluguel?

— Já conversei com seu Moisés, fique tranquila.

Seu Moisés tinha morado na casa por uns vinte anos, antes de se mudar para a cidade. Era o fazendeiro mais mulherengo de que se tinha notícia na região. Recebeu Valmir com um riso na cara, querendo conhecer o menino que montou o arrasta-pé na Vilinha. Mas quando soube da proposta do aluguel a um preço irrisório de início, ficou sério.

— Mas, seu Moisés, a casa está vazia e...

— Porque está vazia, eu vou enchê-la de capivaras assim do nada?

— A Marina é zelosa, vai mandar roçar o quintal, vamos arrumar o telhado, pintar a casa, fazer um jardim...

— Você amigou com a Marina, foi?

— Não, mas ela é de confiança, posso garantir que...

— Quantas meninas são?

— Umas vinte, mas vão chegar mais.

— E quando eu tiver que resolver alguma coisa na Vilinha, vou dormir aonde?

— Mas eu não disse que um quarto fica sempre reservado pro senhor?

— Olha, doutor Valmir, então fica assim: nós vamos assinar um contrato, e eu vou confiar que você todo mês vai me pagar o aluguel, sem atraso, tá certo? E você fica responsável por zelar pelo imóvel, tá certo?

— Está certo, claro.

— E ai de ti se eu chegar lá e não tiver um quarto reservado pra mim, certo?

Foi fechado negócio, e seu Moisés pediu para a mulher trazer duas doses de uísque. O fazendeiro bebeu, e foi atacado por nostalgia.

— Mas você é animado, rapaz. Você sabe que na sua idade eu quase que monto um negócio assim?

— Mentira, seu Moisés...

— Verdade. Foi lá em G....

A narração durou bem, uma meia hora. Valmir por fim se despediu:

— E se minha mulher perguntar pelo preço do aluguel, você aumente o valor, viu?

Foram muitas as noites em que perdi o sono por causa da música do Fervura. O som dos bailes dançava com o vento, ficava mais alto, mais baixo, mais alto de novo, desaparecia nos intervalos, ressurgia mais forte depois, e era como um canto de sereia, misterioso e sedutor, jogando feitiço aos meus ouvidos de rapazinho na puberdade.

Tinha eu catorze anos, e não conseguiria entrar nos bailes do Fervura nem se meu pai tivesse permitido. Na tentativa de aliviar um pouco a curiosidade, o jeito era sondar, de dia e no começo da noite, o barracão e a casa da Marina. No barracão, de manhãzinha, se viam os restos do baile: copos de plástico no chão, cascos de cerveja tombados sobre as mesas, bitucas de cigarro, incontáveis. Lá pelas nove horas, vinha a faxineira, ressaqueada, passando a vassoura em tudo, cantarolando. Depois aparecia o Natanael, e ficavam zombando um do outro.

— Nata, há quanto tempo...

— Pois, Nata, eu tô é com uma dor de cabeça, menino...

— Toma boldo, olha o pé ali.

— Você não tem ressaca?

— O patrão falou pra eu não beber.

— É, beber em serviço não dá certo mesmo não. Eu, como só limpo essa porqueira no dia seguinte, vou mais é tomar minha cervejinha... Mas, Nata, você viu o Onofre, como tava ruim? Foi dançar com a mulher, caiu por cima dela...

Na casa da Marina, de manhã, não se via muita coisa, já que todas dormiam até o meio-dia. Depois iam aparecendo, aos poucos. Uma torcia umas roupas no tanque, outra ficava sentada na escadinha da varanda, outra descascava uma tangerina perto do varal, sob o sol. E a molecada muitas vezes ficava de espreita, olhando pelo portão de grades. Elas não gostavam, mas faziam vista grossa. Depois Marina mandou trocar o portão de grades por um outro, uma folha inteiriça de metal. Acabou a graça.

Por essa época, conheci Suzy. Um dia, eu caminhava indolentemente por uma das ruas poeirentas, sentindo o calor agradável do sol da manhã nos ombros, quando passamos um pelo outro. Suzy vinha serena, devagar, carregando um balde com maços de alface. Vestia uma bermuda jeans, com as barras dobradas para fora, e calçava sandálias de dedo. Nos olhamos por um momento nos olhos, no movimento instintivo da afinidade, e ela sorriu...

Olhei para trás, acompanhei seu caminhar gracioso e seguro, e voltei a botar um pé depois do outro, para a frente, mas já não caminhava: parecia-me que eu flutuava pisando sobre nuvens, como deve ser a locomoção no paraíso.

Suzy era morena, e usava os cabelos curtos, num estilo de corte que moça alguma tinha igual na Vilinha. Vivia com o avô, na casinha protegida por uma cerca de troncos de bambu enfileirados, que fazia as vezes de muro. Nunca se soube quem era seu pai, e aos dois anos de idade tinha sido abandonada pela mãe, que sumiu com o circo, acompanhando o homem que engolia tochas de fogo. O avô era um bom homem e amava muito a neta.

Aos dez anos, com o falecimento da avó, Suzy tinha assumido todos os deveres domésticos da casa. Fazia tudo com gosto, se orgulhava do papel, e ainda era das melhores alunas na escola. E apesar de ainda fazer a faxina no salão da cabeleireira, para somar algum dinheiro à magra aposentadoria do avô, mantinha o lar num extremo de limpeza e ordem.

Tínhamos a mesma idade, e conversamos pela primeira vez numa festa da paróquia. Suzy estava bem arrumada, usava uma saia um pouco acima dos joelhos, salto alto, batom vermelho-vivo. Tinha um temperamento calmo, discreto, meigo, e esbanjava saúde.

Nos conhecemos por intermédio de amigos em comum, e Suzy deixou-se ficar a meu lado, em pé, numa rodinha de amigos. Sem saber o que dizer de início, ofereci comprar-lhe algum doce, salgado, bebida, o que mais lhe agradasse. Fui feliz, pois vi seus olhos brilharem:

— Você me compra um chocolate branco?

— Compro. Onde tem?

— No armazém do Biu, vamos lá — e me tomou pela mão.

Para superar a timidez, comprei para mim uma lata de cerveja. Nos sentamos em um banco da praça, e não cabia em nós o contentamento por estarmos juntos.

— Você quer um pedacinho?

Arrisquei, sem segurança nenhuma:

— Posso ver se o chocolate é gostoso, dando um beijo na sua boca?

A resposta foi um sorriso, o mais lindo de que tenho notícia em minha enevoada memória. Nossos rostos se aproximaram, os olhos se fecharam, e adentramos no fortíssimo transe que acompanha o beijo das almas inocentes.

O namoro com Suzy durou o resto daquele mês de férias, uns dez dias mais ou menos, e só. Depois, vim trabalhar na capital do estado, em um emprego que meu pai me arranjara através de um cliente da carpintaria. Trabalhei muito, fiz faculdade, evoluí, conheci moças de fino trato, e Suzy foi se reduzindo a uma lembrança agradável, escondida em um canto da memória, evocada de vez em quando em conversas de bar com amigos, em tom de injusta soberba e orgulho de rapaz mulherengo, que experimentava da forma mais vulgar e mesquinha os primeiros frutos da ascensão social.

O falecimento de minha avó afastou minha família da Vilinha, e sete anos se passaram sem que eu voltasse ao lugarejo.

Até que um dia, por ocasião das festas de fim de ano que eu passava na casa de meus pais, entrei com o carro na rodovia, e tomei o rumo da Vilinha. Acompanhava-me um velho amigo da cidade, que também trabalhava na capital. Estávamos bem-humorados, com o espírito relaxado, e tínhamos como única preocupação encontrar divertimento. Fazia calor, e os raios de sol invadiam o interior do carro, azulando a fumaça dos cigarros.

Da janela do carro, contemplávamos com prazer as variedades da paisagem rural, com olhos saudosos de caipiras exilados na cidade grande. Víamos roças de milho verdejantes, enveredávamos por canaviais sem fim, observávamos rebanhos preguiçosos de nelores, perdidos em vastas pastagens de braquiárias. Depois de uma hora de viagem, avistamos as primeiras casinhas do vilarejo.

Quando finalmente tomamos uma das ruas, fomos perseguidos por uma horda de cachorros caipiras, que tentavam loucamente morder os pneus do carro. Paramos em um boteco, em frente à praça da igreja, pedimos uma cerveja, e nos acomodamos em uma mesa na calçada. Estranhei o silêncio, a pouca gente na rua, a absoluta inércia do ambiente. A Vilinha continuava a mesma, mas eu tinha mudado muito.

Meu amigo deu uma golada na cerveja, acendeu um cigarro, e soltou o corpo nas costas da cadeira, com as mãos na nuca:

— Ô lugar sossegado! Já pensou levar a vida aqui?

— Acho que eu iria morrer de tanto beber.

Rimos.

— Você tem cada ideia. Que turismo esse nosso, hein? Não sei por que eu ando contigo. Eu sou um rapaz bom, meu problema são os caras com quem eu ando...

Fomos conversando descontraidamente e bebemos mais cinco cervejas. Quando resolvemos ir embora, já tínhamos o demônio da embriaguez a nos aliciar os ouvidos.

— Vamos dar uma passada ali na casa da Suzy.

— Quem é essa Suzy?

— Um rolo que eu tive.

Quebramos por uma das esquinas. A noite tinha chegado, a iluminação dos postes era precária, e um vento anunciador de chuva forte fustigava as ruas desertas.

A desolação do cenário contaminou nossas almas, e nosso humor tornou-se sombrio.

A casa onde morava Suzy estava abandonada. A julgar pela variedade e vigor da flora daninha que proliferava no quintal, com pés de arranha-gato atingindo a altura de dois metros, e pelas vidraças estraçalhadas, havia um bom tempo que a casa não abrigava uma alma viva. Senti um aperto no coração.

— Vamos dar uma passada na casa da Marina da Doze?

A casa da Marina tinha feito fama, por isso meu amigo sabia do que eu estava falando.

— Então vamos. Estamos no inferno mesmo, vamos abraçar o capeta de uma vez.

Estacionamos em frente ao bordel, em meio a outros carros. Fomos entrando, duas mulheres vieram ao nosso encontro.

— Querem uma mesa, gatinhos?

— Queremos.

— Vou pegar, a gente senta aqui na varanda.

O movimento na casa contrastava com o paradeiro das ruas. Muitas mesas estavam ocupadas, viam-se garrafas de uísque importado, charutos, senhores com grossas pulseiras de ouro. Não faltavam mulheres.

Nos acomodamos com as duas mulheres em uma mesa, pedimos cerveja e copos.

— Como vocês se chamam?

— Eu me chamo Vanessa, e ela Tassiana. Vocês vão querer fazer programa?

— Vamos ver. Queremos conhecer as meninas da casa.

— E vocês gostam de morena ou de loira?

Fizemos a conta do dinheiro de que iríamos precisar, e vimos que tínhamos o suficiente.

— Hoje eu não vou ter dó do dinheiro não...

— Eu também não. Nem que eu tenha que passar o próximo mês à base do pão e água...

Vanessa então foi nos apresentando as mulheres, uma a uma. Uma delas, eu reconheci, era Suzy.

— Você está muito diferente! Com o cabelo mais longo, mudou o penteado...

— Você também, amor, quase que não te reconheço...

Suzy fez muito alarde da situação junto às colegas. Sentou-se a meu lado à mesa, pousou o braço sobre meu ombro. Quando percebeu que estava sendo correspondida, disse que naquela noite não queria saber de outro homem, e que era para as outras passarem longe de mim.

— Vanessa, aproveita que você tá aí perto do freezer, traz mais uma cerveja aqui pro meu namorado. E tire o olho, viu, que ele foi meu primeiro homem e hoje a gente vai matar a saudade...

Naquela noite infame, tive profanados todos os esconderijos de minha alma, onde se refugiavam ainda alguns restos de inocência e ilusão.

A prostituta Suzy fumava muito. No quarto, a sós comigo, não mostrou cerimônias. O hábito da profissão tinha tornado suas carícias automáticas, diretas, eficientes.

Fitando o fundo de seus olhos, em vão procurei vestígios que me evocassem a lembrança de minha doce primeira namorada.

Terminada a tarefa, Suzy perguntou pelo pagamento com dissimulada displicência. Entreguei-lhe o dinheiro;

ela agradeceu, guardou de imediato na bolsa, revelou-se-
-me de repente a miséria de sua sina, cruamente.

Despedi-me, dei partida no carro, tomei a rodovia. Meu amigo dormia no banco ao lado, e uma chuva fina caía sobre a triste noite.

Nunca mais voltei à Vilinha.

As últimas páginas de N. R. P.

> *There's nothing in my dreams*
> *Just some ugly memories*
> *Kiss me like the ocean breeze...*
>
> Versos da canção "Gimme Danger",
> de Iggy and the Stooges

Há autores que, em vida ou postumamente, além de obter o merecido reconhecimento junto aos apreciadores da boa literatura, têm seu nome de tal forma projetado sobre a posteridade que terminam conhecidos até por muitos que nunca encontraram prazer na leitura de um livro. Esses últimos, que normalmente sobre a obra pouco ou nada sabem, ainda assim costumam apreender e memorizar fatos ou peculiaridades que marcam a vida pessoal do autor renomado, solidificando sua fama. Poucos sabem apreciar a atmosfera misteriosa de Noite na Taverna, mas muitos sabem que Álvares de Azevedo tinha personalidade sombria e morreu muito jovem, provavelmente virgem. Pouquíssimas pessoas enxergam a leitura de Os Lusíadas como um passatempo agradável, mas o fato de Camões ter perdido um olho em uma luta é de conhecimento popular.

Abstendo-nos de comparações de grau com os exemplos citados, nesse contexto insere-se a figura do controvertido escritor N. R. P. Dez anos após seu trágico falecimento, sua obra continua sendo objeto de persistentes debates no seio da crítica especializada. No entanto, junto ao público em geral, o escritor continua estigmatizado pelo crime que cometeu, como se devesse por castigo ter sua obra condenada à obscuridade.

Nesse momento em que se reacende a polêmica em torno de N. R. P., em que seu mérito literário e sua condição de réu travam batalha pela predominância na memória coletiva, a Editora julgou pertinente tornar pública a compilação de suas últimas páginas, a pedido de sua filha única, Clarice.

Não se pretende com isso absolver ou acusar, mas apenas fornecer mais material à discussão que se desenrola, empreendendo um esforço de ampliação da mesa de debate, num convite ao público ainda leigo na obra do autor.

A compilação divide-se entre alguns breves trechos de um diário de cela, que ao que tudo indica consistiria no embrião de uma publicação futura, à guisa de memórias, e as cartas endereçadas à filha. No primeiro caso, o timbre *da narrativa parece flutuar com as disposições de humor; no segundo, predominante em volume, assume o caráter quase invariável de uma terna e melancólica tristeza, onde transparece a imagem do arrependimento.*

O estilo marcante do autor está presente em cada página, acrescido de uma intensidade lírica só possível a quem se reconhece como personagem em carne e osso de uma real e lamentável novela.

A Editora

***, 10 de fevereiro de 2004.

Querida filha,

Creio que nem fazes ideia da satisfação e da curiosidade com que recebi tua carta neste lúgubre cárcere que hoje habito, privado de tua tão amada companhia. Foi com as mãos tremendo e o coração em acelerado descompasso que li as notícias que carinhosamente me enviaste.

Hoje, mais do que nunca, tive provas da bondade de tua alma, através desse ato de afeição e apoio ao teu sempre displicente e injusto pai.

É nítido para mim que amadureces. O tempo nos ensina e aperfeiçoa, por isso, esse teu gesto de perdão, depois do longo, mas compreensível período durante o qual deves ter tentado com todas as forças apagar-me do pensamento.

A alegria infantil com que li tua carta dá mostras de que mereço o consolo da correspondência contigo. No entanto, aos poucos, contar-te-ei por que não mereço teu perdão.

Fico muito orgulhoso em saber de teus progressos na carreira, e também com a notícia de teu casamento. Rezarei sempre para que tenhas toda a boa sorte que tua mãe, desgraçadamente, não teve. E mande um abraço para o Miguel.

Contando com tua autorização para uma triste tentativa de humorismo, diga-lhe que ele terá o melhor sogro do mundo: na cadeia, para não encher as paciências.

Aguardo com impaciência tua próxima carta.

Um beijo,
N.

***, 11 de fevereiro de 2004.

É verdade que a vida na cela dos diplomados da penitenciária estadual de *** é mais amena que nas demais celas: aqui, tem-se um pouco mais de espaço, e convive-se com gente mais instruída. Seríamos melhores ou piores que os demais? Na opinião dos presos das celas comuns, não fossem a amizade e a simpatia que às vezes surgem mesmo entre os mais diversos perfis de gente ruim, de diferentes estratos sociais, e que aqui resultam da convivência por ocasião do banho de sol, deveríamos, sem exceção, fritar em alguma cadeira elétrica para depois arder no mais cruel recinto do fundo dos infernos. Pois não estudamos para conhecer o certo e o errado, e mais ainda, para desfrutarmos de boas oportunidades de levar uma vida decente?

Fosse o julgamento justo uma coisa simples assim, e não precisaríamos de um Senhor lá em cima, "que tudo sabe e que pesa as ações". E não estabeleceu Jesus o preceito "não julgueis para que não sejais julgados"?

Flausino, por exemplo, não chega a ser ruim. Tem um caráter fraco, é verdade, mas nada da maldade ativa e destruidora dos grandes criminosos. Ocorre apenas que a parte disciplinadora da personalidade, que refreia os maus impulsos e orienta rumo às atitudes corretas, nele é frouxíssima. A compulsão de jogar baralho apostado, valendo dinheiro grosso, até perder tudo a ponto de não ter o suficiente nem para uma passagem de ônibus, vendo-se obrigado a varar uns dez quilômetros a pé do bar até a casa, sob o sol ascendente da manhã, deve ser refreada. Isso porque o dinheiro deve ser reservado para o pagamento da pensão alimentícia à ex-mulher com os filhos, senão... Flausino com certeza sabe disso, mas não se conteve, e por isso está aqui. Às vezes, aparenta estar arrependido, mas não a ponto de torturar-se intimamente. Quando por vezes sua face demonstra aflição, é porque está faltando cigarro na cela.

Meu outro companheiro de reclusão aqui é o Ismael. Seu crime? Formado em Administração, fracassou como corretor imobiliário, e aprendeu a entregar cocaína de moto, principalmente para grã-finos. Tinha pequenos bolsos camuflados na parte da frente da cueca, por dentro, onde os policiais não detêm muito a mão quando fazem revista. Até que um dia teve a infelicidade de um acidente com a moto, vindo a cair justo por sobre uma cerca de arame farpado; não sofreu grandes traumas, mas um corte justo na virilha deixou-lhe a calça banhada em sangue. Examinado pelos bombeiros na presença da polícia, foi algemado assim que saiu do pronto-socorro.

Ismael também não parece sofrer muitas dores de consciência. É bem-humorado, e quando sua estrondosa gargalhada de gigante irrompe na atmosfera sombria da cela, derrama sobre nosso debilitado ânimo uma luz intensa e fugaz. No seu entender, está preso muito injustamente, porque nunca obrigou ninguém a comprar nada, e também nunca matou nem roubou, como costuma dizer sempre. Só uma coisa o entristece: a lembrança do fracasso da firma imobiliária.

Quanto a mim, em absoluto, não possuo a mesma isenção de culpa que habita a consciência de meus dois colegas. Sou um homem destruído pelo remorso. Se há ainda em mim algo que por vezes possa se assemelhar à esperança, é coisa que deve necessariamente se apoiar na ideia de um além-mundo após a morte. O que me resta da vida terrena não poderia oferecer o tempo necessário à penitência que devo, e que poderia salvar minha alma diante da eternidade. Creio fortemente na redenção dos pecados, através da obediência às leis das Sagradas Escrituras. Não fui um homem de todo ruim. Um brevíssimo instante de desequilíbrio foi o que me arruinou.

***, 14 de fevereiro de 2004.

Hoje faz uma bela manhã de sábado. O sol penetra incisivo pela janela, projetando a sombra das grades no chão, na parede, nos colchões.

O caso que relatarei hoje aconteceu há muito tempo, em um mês de janeiro, ensolarado como nunca se tinha visto na cidade litorânea de ***. Como um vulcão que, das entranhas da terra, vomita a lava sobre o oceano, o país efervescia na areia da praia, lotada de veranistas de seus mais longínquos rincões. Estalando de juventude, com o corpo trabalhado pela disciplina rígida do judô, eu perambulava sob o sol escaldante do verão tropical, na ingênua ostentação de beleza dos dezoito anos. A agitação de um dos quiosques da rua à beira-mar excitou-me, e resolvi então sentar-me e pedir uma cerveja. Olhei ao redor e vi que tinha ocupado a última mesa disponível no estabelecimento.

Misterioso, insondável acaso! Encostada ao balcão do bar, uma mulher, morena de sol, conversava com um garçom. Parecia querer uma mesa livre, que não havia. Contrariada, aborrecia-se. Em sua impaciência, sondava insistentemente a aglomeração desordenada de mesas e pessoas, quando me viu sozinho, com cadeiras sobrando na mesa. Aproximou-se.

— Oi, você está sozinho aqui?
— Sim, estou.
— Posso me sentar aqui com você? Não tem nenhuma mesa livre...
— Claro, fique à vontade.

Essa mulher chamava-se Marinês, e parecia ter por volta de quarenta anos.

Era sensual, simpática, sedutora. E eu era um rapaz virgem e tímido. Estabeleceu-se de imediato uma atração recíproca, e Marinês soube conduzir com destreza a situação, de forma que eu me sentisse à vontade. Era advogada, e morava na capital de outro estado com o marido, que dizia ela, tinha uma amante assídua há dois anos. Dizia viver um casamento de aparências.

— E cadê seu marido?

— Ficou lá com a biscate dele, e eu vim pra cá, para a nossa casa de praia. Eu sei de tudo, ele sabe que eu sei, mas não conversamos sobre isso. O amor acabou de minha parte também. Deixamos a situação se arrastar, por amor ao nosso filho de dez anos. Mas vamos mudar de assunto. Só sei que eu trabalho feito uma condenada, agora estou de férias, e só quero pensar em relaxar. Você não quer continuar essa conversa lá na minha casa?

— E se seu marido aparece?

— Não, essa semana ele não vem. Ele está dando graças a Deus por estar livre de mim, pra poder ficar com a sirigaita dele. Ah, mas se ele acha que vai levar a vida assim tranquilamente, com duas mulheres, então ele não sabe ainda com quem se casou...

Fomos para a casa. Marinês era fogosa; cada carícia que eu experimentei em seu corpo, foi retribuída em dobro, e com o maior entusiasmo. Prosseguimos até a absoluta exaustão, e depois adormeci na cama da suíte.

Fui despertado pela conversa de Marinês com o marido, provavelmente na sala de estar. Ela instava para que saíssem de imediato para almoçar.

— Tudo bem, vamos. Mas primeiro vou tirar esta calça e vestir uma bermuda — e ouvi seus passos em direção à suíte.

Como poderia um filho de Deus terminar assim, logo após iniciar-se no mais intenso dos prazeres reservados à raça humana, na esfera material?

O marido de Marinês era policial civil, de forma que me vi de imediato sob a mira de uma reluzente pistola automática. Em seu acesso de fúria, o homem dava sinais de que me matar de pronto não era suficiente: queria antes desfrutar da contemplação de meu estado de choque. Percebi que eu havia urinado de medo sobre o colchão. O homem gesticulava e praguejava, e sob a luz embaçada do abajur, o brilho sinistro da pistola resplandecia, oscilando entre minha direção, na cama, e a de Marinês, à entrada do quarto.

Marinês impôs sua voz aos gritos:

— Não faça uma besteira, Carlos, pelo amor de Deus... Deixe o menino ir embora, ele não tem culpa de nada... Pense no futuro, você pode ir morar com a Luciana se quiser, não há mais nada entre nós... Pense em nosso filho...

Carlos ouvia, e parecia que estava esperando por esse apelo. Dominou-se, abaixou a arma, e começou a chorar. Ajoelhou-se.

— Obrigado, Senhor, por ter me contido neste momento...

Marinês aproximou-se, pôs-lhe as mãos sobre os ombros e falou mansamente:

— Você tem outra mulher, Carlos... A culpa é nossa, que não quisemos resolver logo a situação. Deus te poupou de acabar com a vida de um inocente.

A menção de minha pessoa fez a atenção de Carlos voltar-se novamente a mim:

— Olha aqui, seu verme filho de uma puta, eu não vou te matar não, só vou te aleijar, seu mijão — e apontou a arma em minha direção. Calculadamente, desferiu dois tiros que passaram à minha direita e à minha esquerda, na linha da cintura, sem me atingir. As balas perfuraram a madeira do encosto da cama, em dois secos estampidos.

— Suma daqui, seu verme nojento — e voltando-se para Marinês: — E você, não tinha um moleque mais mijão pra você trazer pra cá?

— E você, o que veio procurar aqui? Enjoou da biscate?

Deixei-os discutindo, e fugi. Não só da casa, mas da área urbana da cidade. Atravessei um largo e denso manguezal de um riacho que desaguava no mar, lacerando os pés descalços nas duras raízes das árvores do mangue, e corri uns quatro quilômetros rumo ao interior. Passei a noite num casebre abandonado, rezando. Só retornei à casa onde meus pais estavam hospedados no meio do dia seguinte. Minha mãe, aflita, encontrou-me em estado de choque, com febre, imundo como os caranguejos vendidos na feira.

***, 16 de fevereiro de 2004.

Hoje testemunhei um lamentável desentendimento entre meus dois colegas de infortúnio.

Também no inferno se digladiam as almas, enquanto sufocam na fumaça asfixiante de enxofre?

Tudo começou com uma notícia no telejornal. Era noite, e a voz do apresentador, em tom solene e impostado, ia recitando os acontecimentos mais relevantes do dia. Ninguém conversava nem nas outras celas. Nisso veio o caso de uma menor de idade que, para conseguir algum dinheiro com que comprar algumas pedras de crack, seduziu e assassinou um colega de escola. Mostraram o perfil da vítima, rapaz honesto, trabalhador, e a pobre mãe aos prantos.

Flausino indignou-se, e falou sem pensar:

— Pra mim, a culpa dessa desgraceira é da droga, e de quem nasce só pra vender essa porcaria e desgraçar a vida dos outros... Quem foi inventar esse tal de crack? Pra mim, esse povo tinha que ser condenado à morte!

Ismael sentiu-se atingido e reagiu, em tom de voz alto:

— Eu não concordo! Nunca existiu uma só pessoa no mundo que fosse obrigada a comprar droga.

A reação inesperada de Ismael, colocando-se em pé de súbito para soltar a voz do alto de seus dois metros de altura, assustou Flausino. Ismael continuou:

— Então o senhor acha que quem vende tinha que morrer? E por que o senhor nunca tinha me falado isso antes?

Em circunstâncias normais, Flausino talvez nunca teria ousado discutir com um oponente de porte físico tão superior quanto Ismael. No entanto, os assovios e gritos vindos das demais celas, atiçando o embate, somados talvez a alguma vaga noção sobre vida em prisões, aprendida artificialmente por Flausino através de algum filme visto ou coisa assim, ensinando que "na cadeia não se pode suavizar a discussão", fizeram com que o pobre-diabo revidasse:

— É isso mesmo! Pra mim você é um que merecia muito bem levar um tiro na fuça, ao invés de vir pra cadeia!

— Pois pra mim quem merece morrer é quem deixa uma criança sem leite pra poder gastar o dinheiro no jogo — e aproximava-se de Flausino — e ainda por cima, só perde. Per-de-dor!! Per-de-dor!!

— E você, que é um fracassado? Fra-cas-sa-do!

Atracaram-se. Ismael ia matando Flausino enforcado, mas meus apelos surtiram efeito a tempo.

— Largue o cara, Ismael, ele está ficando roxo! Você quer apodrecer aqui na cadeia?

***, 20 de fevereiro de 2004.

Querida filha,

São constrangedoras as perguntas que me fizeste.

Depois de me oferecer o perdão, agora tens o desejo de compreender melhor o que se passava entre tua mãe e eu, e conhecer as causas da crise no relacionamento. É compreensível.

Em nossa casa, as estruturas que sustentam uma família estavam ruindo; havia sinais evidentes. Enquanto vivias a agitação febril da juventude, tu talvez não os tenha percebido.

O que se passava entre tua mãe e eu? A resposta está no que se passava comigo.

Por que deixei de amar tua mãe? Elucidarei as duas questões juntas.

Amei tua mãe enquanto éramos namorados, e talvez, durante uns dois meses após o casamento. De minha parte, o amor não entrou em crise durante tua adolescência. Estava já morto quando vieste ao mundo.

Entediei-me rapidamente. Busquei novas aventuras numa trajetória de vida desregrada, que chegaste a conhecer bem. Eu lecionava de manhã e escrevia um pouco à tarde; tua mãe trabalhava na firma o dia todo, e quando voltava, muito cansada, já não me encontrava. Eu estava a beber na rua, invariavelmente, e longe do bairro onde morávamos. De vez em quando, não voltava para dormir. A profissão de escritor, assentada sobre um espírito de caráter fraco como o meu, servia de desculpa para vários tipos de desvios de conduta. *Um artista é uma criatura que não aceita rédeas... É preciso conhecer o lodo, esse é o único meio de tornar autêntica a narrativa...* Posso listar várias outras justificativas desse tipo, e todas serão falsas. Mas serviram bem à minha consciência, por um bom tempo.

Tua mãe, por seu lado, resignava-se. Dedicava-se ao trabalho, à casa, à tua educação. E de forma humilde, sutil, premeditada, requisitava meus carinhos quando me encontrava disponível, e era atendida na maioria das vezes. Os anos foram passando.

Enquanto isso, tu crescias e te tornavas a mulher de beleza desconcertante que és hoje. E eu acompanhava, fascinado, cada detalhe de tua transformação. Creio que não imaginas o quanto de alegria os filhos proporcionam, mesmo a um pai irresponsável como eu.

É regra que as filhas tendem a se parecer fisicamente com o pai, enquanto os filhos normalmente têm mais acentuadas as feições que herdaram da mãe. Tu, porém, em tudo contrariaste este padrão. És alta e esguia como tua mãe, em nada lembrando o porte atarracado que me favorecia no judô. Tens a pele morena que se bronzeia facilmente como a de tua mãe, e cabelos castanhos e lisos, enquanto eu tenho cabelos crespos e sou muito branco e loiro, destoando da maioria no país, a ponto de, em cidades turísticas ser abordado com frases em inglês pelos nativos; e quando por alguma razão tu derramavas teu adorável sorriso, trazias-me de volta à época em que tua mãe e eu éramos dois jovens namorados que se descobriam.

Se tua mãe se resignava e adaptava o espírito de forma a suportar meu mau comportamento, como então o relacionamento entrou em colapso? Esta é a pergunta que deves ter em mente agora.

Após a publicação de meus dois primeiros romances, conheci meus tempos de glória. Premiado e reconhecido pela crítica, sentia-me em permanente estado de êxtase. Belíssimas páginas haviam brotado de meus punhos inquietos, eu exalava entusiasmo, e meus olhos brilhavam.

Mas depois, a exuberância criativa esgotou-se. Minhas tentativas posteriores resultaram medíocres e foram execradas pelos críticos. Constatei que o sucesso havia ficado para trás, e senti-me infeliz, incompetente, fracassado.

Assim, a boemia tornou-se a amarga fuga do derrotado: escondia-me como um cão, nos mesmos bares onde eu antes tinha celebrado a bem-aventurança.

E tornei-me insuportável para tua mãe, eis tudo. Eu havia sido um homem irresponsável, mas tinha o charme que as mulheres reconhecem nos contemplados pela sorte. De repente, abandonado pelo talento, tornei-me amargo e estúpido. Como poderia continuar a ser amado?

Uma noite, tua mãe chamou-me para conversar. Eu respondi que não queria conversar nada, queria era ser deixado em paz, e que ela levasse a vida dela como bem entendesse, mas sem me amolar. Que eu não me importaria com nada, desde que fosse deixado em paz.

— Mas nós temos já vinte e um anos de casamento, não podemos terminar nessa situação...

— Vinte e um anos? Durou até demais, hein? Vamos fazer assim: continuamos o casamento, mas ficamos livres. Eu estou livre, você também, certo? Você está livre, livre para fazer o que bem entender, desde que me deixe em paz. Em PAZ!

Filhinha querida, amanhã darei continuidade a esse triste relato. Os moradores da cadeia, incluindo meus dois colegas de cela, estão assistindo a uma final de campeonato de futebol na televisão, e não há como continuar a escrever, tão grande é a barulheira que fazem.

Um beijo,
N.

―――――――――――

***, 21 de fevereiro de 2004.

Querida filha,

Onde eu tinha parado mesmo? Sim, me lembrei: no dia em que eu disse à tua mãe para que vivesse livre, e que isso era o melhor para nós.

Durante todo o tempo em que eu havia vivido com tua mãe, era ela quem administrava os negócios da casa e da família. Eu lecionava no curso de Letras, e até que colocava um pouco de dinheiro em casa, mas parava por aí. Todo o resto de minhas energias eu empregava em imaginar os enredos de meus livros e em escrevê-los. E a verdade é que me esforcei bastante nisso, até o limite das forças. Deus, que tudo vê e conhece a fundo o coração de cada homem, sabia que por trás da máscara de libertino, que finge não se preocupar com nada, havia a realidade de um escritor estressado, torturado pelas próprias limitações, constantemente sufocado pelo dever da criação.

E hoje entendo que tua mãe também me compreendia. Como pude não enxergar isso, e não ter retribuído com a gratidão que ela merecia? Com que devoção eu era considerado! Na verdade, tua mãe me via como a um ente superior, a quem não cabia a mesquinharia dos deveres cotidianos, que ela assumiu integralmente. Quando eu estava a escrever, ela nunca me interrompia para nada. Discretamente, levava-me café com pães de queijo!

Você deve se lembrar bem da dureza com que ela te repreendia, se suas travessuras de criança me atrapalhassem nessas horas...

Tua mãe me considerava um sábio. Quando, por algum motivo, se sentia indecisa, me consultava, e nessas ocasiões parecia solicitar conselhos a um profeta.

Como pude então surpreender-me ao notar a transformação pela qual ela passou, depois que eu a quis livre, livre para fazer como bem entendesse? Pois ela não se sentia insegura, sem saber o que fazer com o relacionamento de mais de vinte anos? Pois bem, foi consultar o guru espiritual! Seguiria à risca minhas recomendações, da forma como sempre tinha feito?

Confesso que me senti incomodado com essa suposição. Tua mãe mudou os trajes, explorando a sensualidade. Praticava ginástica, tomava sol, vestia saias no estilo do verão, usava salto alto, carregava no batom. Como ficou novamente bonita! E fortaleceu laços com amigas divorciadas.

E fazia tudo na confiança em meu conselho, na simplicidade de seu coração. E nem notava que eu me enciumava, que eu morbidamente me enciumava...

Amanhã continuo.

Um beijo,
N.

***, 22 de fevereiro de 2004.

Querida filha,

Creio que já desenhei com suficiente minúcia o cenário para o drama da separação. Creio também que já forneci pistas suficientemente sugestivas, através das quais a plateia pode tranquilamente prenunciar o óbvio final, que no presente caso, culminou no pérfido crime que me encerrou nesta cela.

Uma vez, tarde da noite, eu alimentava a costumeira embriaguez em uma choperia, quando percebi o flerte de uma jovem e atraente mulher. Pedi ao garçom que lhe levasse um chope à mesa, por minha conta. Ela recebeu a cortesia e, olhando para mim, ergueu o copo antes de beber, com o braço estendido em minha direção, no gesto típico de quem oferece um brinde.

Encorajei-me e dirigi-me à sua mesa. Conversamos um pouco e, com base na minha larga experiência na libertinagem, avaliei que não seria difícil convencê-la a sair comigo, dali para um lugar mais reservado.

— Hoje não. Amanhã, neste mesmo horário, te encontro aqui.

Inventei uma mentira em casa, disse que iria pescar com amigos, em um rancho à beira do rio ***, e que só retornaria dois dias depois. Tua mãe não pediu maiores explicações.

Fui encontrar a moça à noite, e saímos de carro rumo a um hotel no centro da cidade. Pouco antes de chegar, ela pediu pra parar em uma loja de conveniência, para comprar cerveja. Desceu do carro, voltou com duas latas, já abertas, e me entregou uma delas. Seguimos para o hotel.

Ainda hoje me lembro do quarto, de seu ambiente abafado e vicioso, e da mulher, de suas belíssimas formas que se insinuavam, esticando o tecido das roupas. Lembro-me do torpor, da sonolência irresistível que me invadiu, de chofre, como se me tivessem aplicado uma seringa cheia de sedativo, e da conclusão terrível a que cheguei, mesmo antes de adormecer: eu havia sido vítima de um golpe, do sujo e lendário golpe conhecido pelo nome de "Boa Noite Cinderela".

Acordei às dezoito horas do dia seguinte, depois de um sono pesado como o de um cadáver. A mulher havia levado minha carteira, meu carro e minhas roupas, deixando-me apenas com a cueca, poupada talvez por nojo.

Assim começava a noite que foi a mais infeliz de minha vida. Pedi no hotel que me conseguissem roupas emprestadas, e fui a uma delegacia registrar o boletim de ocorrência policial. Depois, voltei à mesma choperia onde tinha conhecido a mulher. Bebi várias doses de uísque. Senti a cabeça ardendo de embriaguez, e resolvi voltar para casa, a pé.

Fazia uma noite quente. Os odores do bairro boêmio faziam-se mais fortes e penetrantes, com exalações de urina subindo das calçadas. De vez em quando, eu passava por bêbados dormindo, em posições desconfortáveis e nos pontos mais inadequados. Lembro-me perfeitamente de um deles, conhecido meu, que tinha meio corpo na rua e meio na calçada, com a aresta da sarjeta a lhe oprimir as costelas. À minha passagem, garotas de programa puxavam-me pelo braço, algumas chamando-me pelo nome. Senti uma desagradável sensação de incômodo, por perceber o quanto eu havia me misturado à fauna miserável das ruas.

Ao abrir o portão de casa, notei a presença de duas pessoas na varanda da frente. A luz pálida da lua iluminava dois amantes que trocavam carícias nos cabelos, amorosamente, deitados sobre um colchão colocado sobre o piso. Parecia-me sua mãe, e um rapaz!

Estarrecido, escondi-me no jardim, e fiquei a observar. Uma tempestade de pensamentos varria-me a cabeça. Eu bem que tinha procurado... Mas ali, dentro de casa, sob o teto que juntos tínhamos erguido, isso era coisa que nem eu havia ousado, curtido como sou nas trilhas da devassidão...

Continuei a olhar. As carícias tornavam-se mais sensuais. O rapaz parecia ser bem jovem, e sua mãe, com a pele morena exposta à luz suave da lua, parecia belíssima. E eu, continuaria ali, a contemplar aquela dolorosa peça pornô?

Tomei uma resolução. Se eu conseguisse, escondido em meio aos arbustos do jardim que rodeava toda a casa, dirigir-me rumo aos fundos, poderia então aproximar-me sem ser notado, caminhando de volta rente à parede, na ponta dos pés, até assomar à varanda, de surpresa.

Mas e então, faria o quê? Matá-los a ambos? Tinha eu respaldo moral para aplicar esta punição?

Decidi passar-lhes apenas um susto; poderia facilmente imobilizar o rapaz com a força de meus braços e a técnica do judô, só para vê-lo implorar por misericórdia. Afinal, era um folgado!

Apliquei a estratégia planejada, e aproximei-me até menos de um metro deles. Da posição onde parei, ouvia alguns gemidos abafados, mas só podia ver os pés dos dois amantes. Então agarrei firmemente os tornozelos do franzino rapaz, e com um só puxão, atirei-o na direção do jardim. A intenção era aplicar-lhe um tombo, dado o desnível de cerca de um metro entre o piso da varanda e o solo.

O resto da história é o desastre que você já conhece. O rapaz caiu sobre a torneira do jardim, cujo eixo giratório penetrou-lhe profundamente no pescoço. Precipitei-me em sua direção, com o coração aos pulos. Do ferimento saía um forte esguicho de sangue. Estava mortalmente ferido.

— Calma, rapaz, vou já chamar a ambulância. Mas que besteira eu fiz!

Nesse momento foi que você me apareceu, desesperada, chorando dando-me socos.

— Calma, filha, eu não queria machucar ninguém! Ponha-se na minha situação, vendo sua mãe trair-me aqui dentro de casa...

Então você parou de gritar, e com uma cara de surpresa e forte amargura:

— Minha mãe foi viajar com uma amiga... Esse é o Márcio, meu namorado...

***, 2 de março de 2004.

Creio que já não poderei dar prosseguimento a minhas reflexões do cárcere.

A exumação dos fantasmas de meu passado, de minha triste trajetória de vida, e o retorno da memória à cena do crime, na construção das cartas a minha filha, Clarice, exauriram-me mortalmente as forças.

Lá fora faz um tempo sombrio. Vejo também, através das grades, uma feia e turbulenta fumaça preta que sobe, que parece ser de um pneu a que puseram fogo, na rua.

Acabou de amanhecer o dia. Ouço um cantar de pássaros, o coro monótono dos pássaros urbanos.

Meus colegas dormem. Essa é a hora do sono mais pesado por aqui.

Tenho um caco de vidro pontiagudo e cortante, escorregadio nas mãos suarentas. Posiciono-o contra o pulso da mão esquerda. Devo ser firme e rápido na execução dos planos, para não dar lugar a arrependimentos.

Dei já o primeiro golpe. O sangue brota, preguiçosamente. Outro golpe, com mais força. Desta vez, ouço um feio barulho, talvez de artérias se rompendo.

O sangue jorra, agora com viva força, respingando no branco glacial da página. A visão de ferimentos sérios sempre me causou desfalecimentos. Escurecem-se minhas vistas. Talvez seja só um desmaio por enquanto, talvez seja mesmo a morte.

Adeus?

A rosa vermelha

Na manhã ensolarada em que o jovem Juscelino retornou do povoado com a notícia da aprovação para o curso de Veterinária, seu pai — um camponês sério e compenetrado, de riso raro —, deu-lhe os parabéns e passou-lhe a mão fortemente na cabeça, despenteando-lhe os cabelos, numa breve e única demonstração de afeto. Um cidadão urbano, que por acaso assistisse à cena, de imediato julgaria o pai como insensível, indiferente e até despeitado, mas isso seria por desconhecimento do costume caipira de ocultar as emoções.

Logo em seguida, o pai foi à caixa de ferramentas, pegou a lima, e começou a afiar um jogo de facas: iria abater um garrote, e haveria uma festa, farturenta e sem hora pra acabar, como nunca antes houvera no sítio dos Figueira.

Passado o tempo da comemoração, a casa vivenciou uma agitação febril. A capital do estado era uma cidade grande e desconhecida para a família. Onde Juscelino iria morar? Onde faria as refeições? Onde teria o dinheiro escondido, na hora dos assaltos?

A mãe lembrou-se de uma velha amiga da juventude, que vivia na capital, irmã de uma sitiante da região. Descobriram o número do telefone, e telefonaram solicitando apoio.

Coincidência: a referida senhora, de nome Arlinda, tinha uma casinha para alugar, num terreno ao lado da casa onde vivia. O valor do aluguel era compatível com a mesada disponível, fecharam negócio, e depois de um mês — em que se juntou de forma exaustiva todo tipo de informação útil sobre a cidade grande —, foram todos se despedir de Juscelino, na rodoviária do povoado.

Na faculdade, Juscelino sentiu-se um pouco deslocado.

Era caipira demais. Já no primeiro dia de aula, saltou aos olhos sua diferença em relação aos demais. Para nenhum outro aluno, a vaga na universidade pública havia sido conquistada tão duramente, para nenhum outro significava tanto. Para a maioria, fora fruto de árduas e longas horas de estudo; mas o jovem camponês, dentre inúmeras outras dificuldades, havia sacolejado quatro horas por dia nas estradas esburacadas da zona rural, durante onze anos. Agora que havia conquistado a sonhada vaga, o formalismo no modo de se vestir passou a fazer sentido: traje impecavelmente social, com a camisa abotoada até a garganta, e barba sempre feita, enquanto os demais usavam bermuda e até chinelos de dedo.

A postura cerimoniosa, associada à timidez, que o atrapalhava a entabular conversa com os colegas, acabou passando à turma uma impressão errônea de vaidade exacerbada. Foi alvo de antipatia. E quando foi flagrado, num recanto ermo do campus, sentado sob uma árvore, almoçando a comida de uma marmita qual um pedreiro, virou alvo de chacota por um bom tempo.

Mas isso foi no início, nos primeiros meses. Depois, com a convivência e o passar do tempo, acabou por cair nas graças da turma. Ajudaram muito os inusitados laços de amizade que travou com Saulo, o aluno mais rico de todos.

A família de Saulo era proprietária de uma grande e tradicional rede de supermercados do interior do estado. Seu pai, filho de imigrantes europeus, era de origem humilde, mas logo que aspirou os primeiros ares da riqueza, rapidamente adotou costumes refinados, como se guerras e misérias houvessem, por algumas gerações, anulado um sangue de nobre, que acabou por se manifestar novamente. Gostava de cavalos de raça, iates, viagens à Europa.

De forma que Saulo, mesmo sendo um rapaz de tocante simplicidade e educação no trato com as pessoas, já nos primeiros dias de faculdade percebeu que a superioridade de sua posição social o alçava a uma torre que impedia a convivência natural com os demais. Entre aquela turma de predomínio da classe média alta, em que fermentava a vontade de ascensão, rapidamente viu-se como alvo de inveja e adulação interesseira. Aquilo o aborrecia tremendamente, e Saulo se isolou. Mas não se viu privado de vida social: ao chegar à cidade, alojou seu cavalo em um haras, onde rapidamente estabeleceu laços com gente da alta sociedade local.

Juscelino não demorou nada a compreender que a vida na cidade era uma coisa triste. Durante a semana, entretido nas tarefas da universidade, o tempo passava rápido. Mas, quando chegava o final de semana, a solidão pesava, e ele acordava no sábado com muitas saudades da família e do sítio. Lembrava-se de como o dia de sábado era especial, pois sabia que à noite iria com o irmão ao povoado ver as moças solteiras na praça da igreja...

A casa de Dona Arlinda ficava em um bairro afastado, numa região de pequenas chácaras, de ruas praticamente desertas no final de semana. Se ao menos houvesse moças na rua, como no povoado... Lembrou-se do conselho de sua mãe, para que tivesse cuidado com as moças da capital porque eram muito espertas... Sorriu então amargamente.

Seu desgosto deve ter começado a transparecer no semblante, porque um dia Dona Arlinda veio lhe falar:

— Juscelino, está tudo bem com você, menino?

— Tudo, Dona Arlinda, por quê?

— Porque você está com uma carinha tão triste... Está com saudades da família, não é?

— É, a vida na cidade, pra quem vem de fora, não é fácil não, hein?

— Escuta, eu tenho um irmão, o Heitor, que é caseiro em um sítio... No sábado, nós costumamos ir pra lá... A gente fica por lá, assa uma carne, toma uma cervejinha...

Você quer ir com a gente da próxima vez? É melhor que ficar aqui, sozinho, nessa tristeza...

Assim, Juscelino e Saulo travaram amizade: o referido sítio onde vivia o irmão de Dona Arlinda era de propriedade do pai de um amigo de Saulo, e um dia os dois colegas se encontraram.

Juscelino passeava pelo sítio e se aproximou do casarão com piscina, onde o patrão de Heitor vinha descansar com a família nos finais de semana. Viu dois carros estacionados, e uma turma de rapazes e garotas, na varanda, bebendo cerveja. Saulo viu o colega de longe e se aproximou:

— Ô colega, você por aqui?

— Olá. Pois é, vim passear um pouco.

Saulo então convidou Juscelino para tomar um copo de cerveja, e apresentou-o à turma. Entre os dois colegas, de origens tão diferentes, estabeleceu-se de imediato um misterioso tipo de afinidade. A simplicidade de Juscelino parecia agradar a Saulo.

— Jussa, nós viemos pra cá só com cerveja, e agora está todo mundo com fome.

— Não trouxeram uma carne pra assar?

— Nada, viemos sem planejar nada. Compramos a cerveja num bar, e viemos de última hora.

— Não tem nada aí na cozinha?

— Alguma coisa deve ter. Arroz, macarrão...

— E esses frangos aí no terreiro? É só matar um ou dois, e pronto...

A turma achou que fosse brincadeira: "É só matar um ou dois, e pronto..."

— Se vocês quiserem, eu mato e limpo, e a gente faz uma galinhada.

A ideia gerou estardalhaço. Depois, houve correria e algazarra para pegar os frangos, soltos no terreiro. Foi preciso cortar os pescoços das aves, e as meninas se retiraram para dentro da casa, com dó. Depois, Juscelino escaldou os frangos com água fervente, depenou, sapecou com álcool, cortou em pedaços, jogou na panela com alho e cebola, e avisou que não havia mais o que fazer, era só esperar que cozinhasse.

Passaram-se alguns meses, e a amizade dos dois colegas se firmou em definitivo.

Numa noite de quarta-feira, na casa em que morava — era uma casinha pequena, nos fundos de um terreno amplo, onde Dona Arlinda e o marido cultivavam vários canteiros de hortaliças —, Juscelino assistia atentamente ao time de sua predileção jogar uma partida decisiva na TV. Tinha os cotovelos apoiados sobre os joelhos e uma das mãos a apertar nervosamente a pele do queixo, quando ouviu a voz de Saulo lhe gritar no portão.

Juscelino berrou para Saulo que o portão estava aberto, e continuou a ver o jogo. Saulo chegou bem-humorado, fazendo trocadilhos.

— Que é isso, rapaz, larga mão desse time...

— Já perdeu um pênalti, acredita?

Saulo não entendia nada de futebol. Reparou na bagunça do quarto, e ia fazer um comentário jocoso, mas raciocinou que nem todo mundo tinha faxineira diariamente em casa, e então não falou nada.

— Jussa, tenho um esquema muito bom pra nós.

— Lá vem você...
— É sério, rapaz...
— O que é?
— Você sabe quem é a Roberta Graciano?
— Não. Quem é?
— Você se lembra aquele dia na chácara, em que você fez os frangos? Se lembra de uma menina meio magra, de cabelos pretos, lisos?
— Sei... Me lembro, sim.
— Então, é ela... Ela vai fazer aniversário, e encasquetou que quer dar um jantar na casa dela, no sábado agora, e quer fazer uns frangos daquele jeito que você fez... Ela gostou muito...
— É mesmo?
— É... Só que ela não sabe nem acender a boca do fogão direito... E me perguntou se você não poderia dar uma força pra ela, ela paga o serviço...
— Ué, tudo bem, eu topo.
— Então, escuta só: nós vamos ter que chegar mais cedo na casa, tudo bem?
— É janta pra muita gente?
— Nada. Os pais dela estão viajando de férias na Itália. É pra poucas pessoas, só pros amigos mais chegados. A Roberta disse que vai convidar umas amigas...
— É mesmo?
— Olha só, o cara se animou... Você vai ver só, sua ajuda vai lhe render muitos frutos...

No dia do jantar, que estava marcado para depois das nove da noite, por volta de seis da tarde os dois amigos já estavam tocando a campainha da casa. Quando Roberta veio abrir a pesada porta de madeira da residência, trajava roupa simples, de se usar em casa. Era bonita, com cabelos castanhos lisos, e as feições do rosto magras. A roupa discreta, folgada no corpo, lhe escondia as formas, privando-a de sensualidade.

— Oi, gente. Não reparem, que ainda nem tomei banho.

Saulo entregou-lhe um presente.

— Ô Saulinho, não precisava... Muito obrigada... Vamos entrar — e dirigindo-se a Juscelino: — Você então vai me ensinar sua receita?

— É muito simples, não tem segredo não.

Quando ficou pronto o jantar, Juscelino foi até a sala e sentou-se em uma poltrona. Saulo jogava videogame na televisão. Ambos já estavam um pouco alterados por algumas doses de uísque, de uma garrafa que Roberta havia disponibilizado na cozinha.

Ouviram pancadas leves, repetidas, espaçadas, de madeira contra madeira, era Roberta que descia a escada da casa. Trajava uma saia justa nos quadris e uma blusinha aberta nas costas. Estava bonita e sensual, e seu surgimento repentino, depois de passar pela metamorfose de mulher que se arruma pra festa importante, surpreendeu os rapazes. Roberta percebeu, e sentiu-se tomada por íntima alegria.

— Você está muito bonita...

— Obrigada, Saulo. Então, vocês ficaram à vontade? Faltou alguma coisa?

— Não, não. Está tudo pronto.

Roberta foi até a cozinha e destampou as panelas, olhando a comida com expressão de gula. Depois juntou-se ao bate-papo na sala.

Foram chegando os demais convidados. Roberta os recebeu, acomodou-os na sala de visitas, serviu bebidas, pediu para que Juscelino e Saulo transportassem as panelas para a mesa da sala de jantar, e pôs-se a arrumar os talheres.

Depois do jantar e da sobremesa de chocolates finos, passada mais uma hora, os três casais que tinham sido convidados se despediram, e sobrou o pessoal solteiro.

Roberta viu que tinha acabado o uísque da garrafa:

— Saulo, você sabe onde é a adega, não sabe? Pode pegar mais uma garrafa pra nós, fazendo um favor? Pegue de uma marca diferente desta que acabou.

— Tá bom, pego, sim — e pôs-se de pé, fazendo um sinal para que Juscelino o acompanhasse.

Desceram a escada, e entraram por um corredor, em direção ao fundo da casa.

— Jussa, você está a fim de alguma das meninas?

— Quem sou eu pra isso? Sou só o cozinheiro.

— Só o cozinheiro... E eu, sou o quê? Sou um pobre de um cafetão, que só arranja mulher pros outros...

— Por que você está falando isso?

— Sabe a Amanda, prima da Roberta? Aquela com a rosa vermelha tatuada assim detrás do ombro? Veio me falar, sem você ver: "Seu amigo cozinheiro é caladão, hein? Mas eu me apaixonei pela comida dele..." Vou querer entrar nesse ramo da culinária também...

— Ela falou mesmo?

— Falou. De mim, não vi nenhuma a fim. Mas ocorre o seguinte: a Amanda é muito amiga da Bel, aquela gatinha. Então você vai convidar a Amanda pra algum bar, ou

danceteria, depois da festa. É certeza que a Bel vai junto. E aí eu entro em ação...
— Mas não tem nada garantido pra mim também não...
Saulo fez que não ouviu, e esfregou uma mão na outra, freneticamente:
— É hoje que o Jussa vai desenrolar o esquema pra nós...

Amanda conversava pouco. Tinha cabelos castanhos encaracolados, e trajava um estilo tropical, com uma saia estampada até a altura dos joelhos, e uma blusinha sem mangas, que lhe expunha os braços e a rosa vermelha tatuada detrás do ombro. Na festa tinha demonstrado interesse por Juscelino, mas agora que estavam ali, sentados em um banco no jardim da danceteria, parecia ter fechado a guarda, e estava tranquila. Parecia ter se livrado de toda e qualquer preocupação, e saboreava calmamente o momento, fumando um cigarro. Tal postura tornava indecifráveis suas intenções, e Juscelino se impacientava.
— Tenho inveja de sua futura esposa...
— Por quê?
— Você vai cozinhar para a sua futura esposa?
— Por que você fica falando isso de futura esposa? Que futura esposa, se nem namorada eu tenho...
— Você é engraçado... Pra que mais você presta, além de cozinhar?
— Sei fazer outras coisas — e Juscelino se aproximou numa tentativa de beijo.
— Rapaz, você é muito afobado! Vamos lá pra dentro.
O interior da danceteria exalava o aroma de pecado das noites de sábado. Moças dançavam, sensualmente, observadas por rapazes imóveis que bebiam, com expressão de cobiça.

Amanda dançava próxima a Juscelino, olhando-o nos olhos enquanto balançava os quadris. Era o flerte de mulher, direto, franco, zombeteiro. Juscelino fazia o possível para acompanhá-la na dança, com passinhos monótonos e repetitivos, ainda piorados pela embriaguez excessiva. Sentia o uísque queimando-lhe a face. E contemplava Amanda — como era bonita!

— Vamos sair daqui, dar uma volta?
— Pra onde você quer me levar, Amanda?
— Pra dar uma volta.

Entraram no carro de Amanda, e logo que o mesmo se pôs em movimento, Juscelino adormeceu, em um sono pesadíssimo.

— Boa tarde, Dona Arlinda. Será que o Juscelino já acordou?

Dona Arlinda regava os canteiros da horta, e ao ver Saulo fechou a torneira e foi abrir o portão, com expressão preocupada.

— Saulo, o que aconteceu com o Juscelino, pra ele vomitar em cima do canteiro de alface?
— Foi mesmo, Dona Arlinda?
— Pois é, menino... Ele ainda está dormindo. Vamos bater na porta dele, pra ver como ele está.

Bateram. Juscelino demorou para responder, mais ainda para abrir a porta. Sentia-se muito debilitado, e a cabeça latejava de dor.

— Você ficou ruim ontem, hein?
— Muito ruim. Como foi que eu voltei pra cá? E a Amanda, cadê?
— Pegou o avião de volta para a terra dela, à uma da tarde. Fica perto, só uns mil quilômetros daqui...

Juscelino foi lavar o rosto, e vislumbrou no espelho, escrito com batom:

"Por que você me deixou
Ir dormir sozinha esta noite?"

E no mesmo varal que atravessava o terreno da horta, em que Juscelino de vez em quando pendurava suas roupas mal-lavadas, uma calcinha vermelha, minúscula e solitária, dançava suavemente à brisa da tarde...

Os sábados

Era fim de noite na danceteria. Já estava bem esparso o movimento na pista.

Lucas tinha chegado com dois amigos, mas naquele momento estava sozinho. Quiçaça exagerou demais nas doses de vodka e terminou indo vomitar no banheiro, expondo-se ao escárnio de desconhecidos; agora dormia sentado no sofá de um dos camarotes. Lucas tentou acordá-lo, em vão; então revirou seus bolsos, e tirou-lhe a carteira para que não fosse roubada, coisa que poderia facilmente acontecer considerando-se seu estado.

Danilo se arranjou com uma menina, e estavam se beijando em um canto, com muita esganação.

Lucas perambulava, mas não havia muito o que procurar. *Não arranjei nada...*, pensou, sentindo a invasão do desânimo. *Agora é hora de ir embora. Lá fora, me esperam o vento frio da madrugada e a dificuldade pra voltar pra casa nesse horário desajeitado.*

Vislumbrou uma última centelha de esperança: era Nicole, uma menina do mesmo bairro onde morava. Tinha o corpo bonito, usava calça justa e salto alto. Lucas a conhecia: cumprimentavam-se quando se viam na rua.

— Oi, Nicole. Estou pensando em ir embora. Você quer ir comigo?

Ela olhou-o altivamente.

— Você está de carro ou moto?

— Nem de carro, nem de moto.

— Então como você quer que eu vá embora com você, se nem um Fusca ou uma moto velha você tem pra me levar pra casa?!

O olhos da moça faiscaram de desprezo, e a Lucas só restou virar as costas e retirar-se rapidamente, como um cão enxotado por pauladas inesperadas.

Menina idiota!, refletia Lucas, enquanto caminhava com Quiçaça rumo ao terminal de ônibus. *Sei de que tipo ela é... é uma alpinista social... Quer sair da miséria com um casamento, se precisar, com uma gravidez pra acelerar as coisas... Iludida...*

Quiçaça parecia recuperado da prostração mais grave da bebedeira, mas sóbrio ainda não estava. Tanto que, no caminho, parou para chutar o focinho de um cão policial que lhes investia raivosamente (de dentro do portão de grades de uma casa) e, depois, para urinar sobre a lataria de um carro de modelo de luxo. Depois, pôs-se a cantar trechos de uma canção que estava fazendo sucesso nas rádios, mas deturpava os versos, criando alusões maliciosas às meninas mais cobiçadas do bairro. Depois ficou mudo, refletindo; recomeçou, com outra canção, abordando dessa vez as meninas mais feias. Sentia-se um ranço de despeito e revolta naquilo tudo.

Lucas ouvia, achando graça. Quiçaça era um rapaz estranho. Feio, atarracado, caladão, era alvo constante da zombaria da turma. Imperturbável, parecia impermeável a todas as críticas. Parecia que nem estava ouvindo nada.

Há uns dois anos, por capricho ou cedendo ao impulso jovem de querer parecer diferente, tinha deixado o cabelo crescer além da conta; cachos grossos, indomáveis, que cresciam para cima e para os lados, renderam-lhe o apelido. Recentemente, forçado pelo pai a procurar emprego, tinha aberto mão do visual extravagante, mas o apelido continuou.

Chegaram ao terminal e sentaram-se em um banco de concreto.

Do lado oposto do terminal, veio um mendigo. Vinha a passos lentos, tímidos, seguido por um vira-lata de couro preto que pulava e balançava o rabo, numa alegria fora de lugar.

Em frente a Lucas, o mendigo parou:

— Meus amigos, posso ter um minutinho da sua atenção? Vocês devem ser estudantes; pois eu também já fui estudante, muito tempo atrás; e um dos melhores, podem acreditar! Gostava principalmente de poesias. Li

Os Lusíadas de cabo a rabo! "As armas e os barões assinalados,/ que da ocidental praia lusitana..." Hoje já não me lembro de quase nada. "Bendito o que semeia livros, livros à mão cheia..." Esse é de Castro Alves. Vocês gostam de estudar? Não? Pois deveriam gostar.

Os dois rapazes observavam em silêncio sua situação: barba selvagem, roupa imunda, pele suja e gordurosa, e exalando um cheiro podre de suor, urina e álcool.

— Hoje sou um cachorro de rua, eu sei. Igual a este aqui... Pior até que este aqui! Mas já fui um homem digno! Trabalhava e pagava minhas contas, até que um dia a desgraça me visitou. Não me olhem com desprezo, porque a desgraça não escolhe porta! Mas vocês são bons rapazes, de futuro. O que eu queria lhes falar é que o dia já está amanhecendo e eu não tenho um pão seco pra matar a fome! Vocês são bons rapazes, Deus vai olhar por vocês. Podem me ajudar? — Lucas entregou-lhe uma nota. — Muito obrigado, que Deus lhe abençoe! E não se esqueçam de estudar, hein?

Afastou-se, e saiu do terminal. Minutos depois, voltou com uma garrafinha plástica, de pinga. Procurava manter distância dos rapazes, e sorrateiramente vigiava se estava sendo observado. Se percebia que o olhavam, escondia a garrafa por dentro da jaqueta. Lucas nem lamentou o dinheiro mal-empregado: com mórbida curiosidade, contemplava aquela ruína humana, o homem condenado à imundície das sarjetas...

— Aonde iremos hoje?

Danilo olhou diretamente para Lucas, no banco ao lado, e para a imagem de Quiçaça, no retrovisor. Não ouviu resposta.

Estavam rodando a cidade há meia hora com o carro do pai de Danilo. Era noite de sábado de novo. Já tinham passado inúmeras vezes em frente ao aglomerado de bares onde se concentrava o agito da cidade.

Danilo não conseguia ouvir uma música inteira no rádio — alternava de uma estação a outra sem parar. Pararam em um posto de gasolina, compraram cervejas. Rodavam, rodavam. Observavam as meninas da cidade, arrumadas para a noite: umas caminhando em direção à região dos bares; outras encostadas em carros estacionados, observando quem passava; e outras dentro de carros, aos pares, ou em grupos maiores, conversando com alvoroço.

— Tem bastante mulher na rua hoje, hein? — comentou Lucas.

— É verdade, mas... — Danilo emitiu um muxoxo de desânimo — acho que não estou a fim de ficar aguentando frescura de mulher hoje. Pra conseguir alguma é uma luta...

Ficaram em silêncio por uns minutos. Uma ideia começava já a sondar-lhes os pensamentos. No ar viciado do interior do veículo, os rapazes pressentiam-na.

— Vocês querem comprar alguma coisa por aí? — perguntou então Danilo, com voz displicente.

— Comprar o quê?

— Comprar um pó aí pra nós...

— Mas já?

— Eu acho que seria uma boa.

— Êhhhh... Olha o Quiçaça... É só falar nesse negócio, que ele resolve abrir a boca pra falar alguma coisa...

A última rua do subúrbio tinha, de um lado, as casas com os muros encardidos de terra vermelha e, do outro, a cerca de uma chácara decadente, onde um gado malcuidado e sem raça passeava por um pasto também malcuidado, infestado das corcundas de barro dos cupinzeiros.

Ali, havia parado um carro de luxo, de modelo importado, com um casal.

Era agradável e amena a noite. Pros lados da chácara, a vista se dilatava e tinha-se uma bela visão do céu estrelado. Fora o casal dentro do carro, estava deserta a rua.

Era sempre torturante para Nicole apresentar o lugar onde vivia. Como lhe consumia aquele lugar... A sensação era de ter sido condenada injustamente. Do escritório de advocacia onde trabalhava como secretária até ali, no extremo do conjunto habitacional, a caminhada era longa. Mas nem era isso que a incomodava mais: o duro eram aquelas vacas, o cheiro do esterco, o capim braquiária invadindo a calçada... Se a casa ficasse ao menos uma quadra pra dentro do bairro, como a de sua amiga Julia, a aparência já seria bem melhor...

Às vezes, quando voltava do trabalho, vencida pela insistência, Nicole aceitava a carona de algum conhecido. Quando isso acontecia, sentia vergonha por morar no mais distante conjunto habitacional. Depois, quando o carro adentrava o bairro, envergonhava-se por morar na última rua, onde termina a cidade. E pra completar, naquele horário, o pai costumava estar sentado em uma cadeira na calçada, picando fumo-de-corda, lambendo a palha, enrolando aqueles cigarros que na cidade ninguém mais fumava... Homem humilde do campo, correspondia sempre alegremente ao cumprimento da pessoa ao volante, e até essa demonstração de simpatia soava a Nicole como inadequada, simplória demais.

O rapaz do carro importado tinha feições aristocráticas: rosto branco e alongado, cabelos castanho-claros, lisos, com longos fios caindo sobre a fronte. As pupilas de cor clara conferiam-lhe frieza ao olhar.

Nicole interessava-se instintivamente por rapazes de família endinheirada. Sua amiga Julia, mais sensata, tinha lhe advertido a esse respeito. Dizia que tais rapazes só queriam mesmo era divertir-se à custa delas. Que eram bonitos, pagavam bebida, mas depois despistavam, não davam futuro. E que ela, Julia, tinha concluído ser muito melhor namorar algum rapaz do bairro mesmo, que fosse trabalhador. Já estava bom demais.

Nicole ouviu o conselho, e até concordou sinceramente na hora. Mas não mudava de procedimento:

— É aqui que eu me escondo.

— É sossegado aqui, não?

Começaram a beijar-se. O rapaz tentava carícias mais ousadas, mas Nicole não consentia.

O rapaz irritava-se. Respirou fundo, largou Nicole, encostou a cabeça no banco, fitou o teto do carro. Depois voltou o olhar para Nicole:

— O que está acontecendo com você?

— Nada. Só acho que a gente ainda nem se conhece direito. Vamos conversar mais um pouco.

— Conversar o quê?

— Sei lá, conversar mais um pouco.

Trocaram algumas frases escassas, e o rapaz investiu novamente. Nicole resistiu mais uma vez.

Então o rapaz estourou, rudemente:

— E pensar que eu deixei de sair com meus amigos hoje, pra vir aguentar frescura de mulher aqui nesse fim de mundo?! Você devia se enxergar melhor, porque menina como você eu arranjo uma por semana!

Nicole afastou-se, assustada.

— Você está esperando o quê? Desce do carro, tchau! Tenho mais o que fazer!

Na atmosfera alegre da noite de sábado, a cocaína fisgou mais três da cidade.

É só aspirar o pó, com um canudo de papel encaixado a uma das narinas, e depois acender mais um cigarro. E aí espera-se um pouco até a próxima inalada, pois até nos descaminhos da vida é preciso ter um mínimo de disciplina, pra não acabar com tudo de uma vez.

O dinheiro gasto não tinha sido pouco, e com certeza iria fazer falta mais para a frente. Mas naquele momento, os três amigos não estavam preocupados com isso nem com nada. Ou melhor, tinham uma preocupação ligeira com o inevitável término do estoque, e só.

Que lhes importava agora toda a agitação da noite na rua? Com a molécula do bem-estar dançando-lhes nas veias, dentro do carro mesmo já estava muito bom. Sentindo-se como detentores de um secreto privilégio, pareciam mais espertos que o resto.

Danilo, o mais falante dos três em condições normais, estava quase mudo. Com os olhos arregalados à direção, parecia muito concentrado na condução do veículo. Quiçaça continuava falando pouco, mas quando falava, notava-se um entusiasmo na voz, um brilho estranho no olhar. E Lucas conversava sem parar, mas num tom abafado, em baixo volume, com expressão seríssima.

Numa das avenidas movimentadas da cidade, viram aglomeração de pessoas numa esquina, com carros da polícia estacionados. Tomaram então o rumo da periferia. Viram um boteco, tranquilo e convidativo, e pararam pra beber cerveja e conversar.

A conversa era franca, sentimental, fraterna ao extremo.

— Ô Quiçaça, você não devia ter bebido daquele tanto sábado passado, rapaz...

— Pois é, me arrependi no dia seguinte... Cheguei a dormir dentro da danceteria de tão bêbado... Me arrependi mesmo, de verdade...

— Tome umas de leve, não precisa exagerar, senão você vai passar mal toda vez... O certo é fazer como o Danilo, arranjar logo uma menininha, ficar num canto com ela, no sossego... Mas às vezes a gente não arranja nada. E o que virou a menina, Danilo?

— Liguei pra ela na quarta-feira, mas ela parece que está me despistando.

— E eu levei foi um fora da Nicole, rapaz... Precisa ter um carro pra sair com aquela menina. Acho que vou começar a sair com o carro velho do pai. É vergonha andar num carro velho e detonado? Pois vou sair com ele mesmo, que se dane a sociedade. É uma carroça imunda, mas posso dar uma lavada, não é? É melhor que ficar a pé. E um dia, vou ter o meu próprio carro.

— É lógico. Dê uma arrumada no carro do velho, rapaz. Dá pra arranjar umas minas, numa boa. Você sai com a Nicole e depois com aquela outra gostosa que anda com ela.

Depois de uma meia hora, a conversa foi perdendo um pouco do calor, num arrefecimento sutil e sinistro. Era hora de inalar um pouquinho mais.

Danilo foi até o carro estacionado, preparou três novas porções de pó, aspirou sua parte e voltou. Um de cada vez, Lucas e Quiçaça se levantaram da mesa, foram até o carro, voltaram.

— E aí, Danilo, quanto ainda tem lá?

— Tem pra mais umas três vezes como essa.

Lucas queria esperar um pouco mais até a próxima vez, mantendo o ritmo usual de consumo, mas Danilo e Quiçaça agora queriam uma dose mais caprichada, logo em seguida da última: a droga parecia já não ter o mesmo impacto do começo da noite. Combinaram de dividir o que restava em duas partes, e foram logo dando fim à primeira delas, sobrando a última. Pagaram a conta do boteco, foram dar a última rodada pela cidade.

Sentindo na boca o sal das lágrimas, sentada no tosco banco de madeira do jardim da casa, Nicole curtia amargamente a humilhação sofrida.

Queria esperar até que estancasse o choro, para só então entrar na casa e tentar dormir.

Vindo dos fundos, numa passada preguiçosa, o cachorro se aproximou. Vira-lata robusto e atlético, dava vigorosos golpes com a cauda, aproximando o focinho das pernas da moça, com a cabeça baixa, servilmente. Parecia querer consolá-la.

Nicole tirou do bolso o telefone celular, e ligou para Julia. A ligação caiu direto na caixa postal.

Pros lados da chácara, do outro lado da rua, ouviu-se um mugido longo, como um lamento triste.

Sentindo correr-lhe pelas costas um arrepio de frio, Nicole resolveu ir deitar-se.

Eram cinco e meia da manhã, a noite de sábado já tinha terminado. Veio a manhã de domingo: pescadores de fim de semana passavam, com varas de bambu enfiadas à janela do carro ou amarradas à bicicleta; casais idosos faziam a caminhada matinal ao longo das avenidas; e na igreja matriz, fiéis rezavam a primeira missa.

De dentro do carro, os três amigos contemplavam com expressão desolada o despertar da cidade.

A cocaína acabou, mas seu efeito residual agora iria lhes atrapalhar bastante o sono. A claridade do dia penetrará nos quartos, virão pensamentos tristonhos...

É a cocaína...

Era noite de sábado mais uma vez na cidade.

Numa esquina de avenida, Nicole esperava impacientemente. Soprava um vento forte, frio e desconfortável.

Tinha aceitado o convite de mais um cliente do escritório de advocacia. Otávio era um homem descortês e mal-encarado, detentor de rendimentos de origem misteriosa, com muitos anéis nos dedos e correntes de ouro no pescoço. Recorria aos serviços do escritório para se defender de um processo na esfera criminal.

O convite era para uma festa em uma casa de campo, que contaria com a presença de vários grã-finos de uma cidade vizinha. Nicole tinha hesitado um pouco, mas terminou cedendo.

Quando Otávio finalmente chegou, tinha outras três garotas no carro. Pediu a uma delas para passar para o banco de trás, liberando o da frente para Nicole. A moça protestou, mas teve que aceitar.

No caminho, Nicole ouviu-as falarem sem trégua no banco de trás, usando palavrões com uma abundância que ela nunca tinha visto antes em conversa entre mulheres. Também cochicharam e riram, e Nicole sentiu-se alvo de zombaria.

Depois de uns cinco minutos na rodovia, Otávio entrou em uma estradinha de terra, estreita e tortuosa. Chegaram finalmente à casa, cercada por muros altos, erguida no topo de uma elevação que permitia uma visão ampla das luzes da cidade.

Otávio tocou o interfone:

— É o Otávio. Trouxe mais umas meninas.

Destravaram o portão. A casa tinha um belo jardim na entrada, e uma ampla varanda de frente, onde ficavam a cozinha e a churrasqueira. Ao pé da varanda, uma piscina.

Nicole viu homens de sunga, bêbados e alegres, e mulheres quase nuas, por todos os cantos. A recepção a Otávio foi calorosa: os homens abraçaram-no, e algumas mulheres beijaram-no; seu rosto taciturno deu mostras de inesperada descontração.

As mulheres que chegaram com Otávio também foram bem recepcionadas; os homens ofereceram-lhes bebidas, abraçaram-nas, acariciaram-nas indecentemente.

Mas Nicole não se misturou às outras nem se contagiou pela liberalidade da festa. Fria, arisca, contrariada, encostou-se ao balcão da varanda e acendeu um cigarro.

— E você, gatinha, não quer uma bebida?

Fumando, Nicole olhou o homem à sua frente, que lhe assediava com um sorriso malicioso no rosto. Aceitou uma cerveja.

— Onde você trabalha?

— Num escritório de advocacia.

O rosto do homem assumiu uma expressão de surpresa:

— De dia, não é? Mas e à noite?

— Não trabalho à noite.

O homem riu.

— Vem comigo, vou te mostrar o interior da casa — e passou o braço sobre os ombros de Nicole, que se deixou conduzir, muito desconfiada e hesitante.

Passaram por uma sala de estar, subiram uma escada. No piso de cima, tomaram um corredor que dava acesso a uns quatro ou cinco quartos — gemidos de prazer, espasmódicos, irrompiam das portas entreabertas, num exibicionismo diabólico...

Nicole tentou voltar atrás, mas foi retida e empurrada para dentro de um dos quartos, onde naquele exato momento um casal de libertinos se encontrava em franco exercício sexual. Servindo ao amante deitada de bruços na cama, com a face voltada para a porta, uma jovem mulher encarava os recém-chegados, e no seu belo rosto desenhava-se um sorriso escarnecedor como o de um anjo pervertido...

Nicole se aproveitou da distração do homem que a conduzia para fugir do quarto; desceu atabalhoadamente a escada, atravessou a sala de estar, assomou no jardim, e, sob os olhares estupefatos dos convivas, bateu-se duramente contra o portão trancado. Gritando, começou então a chutá-lo, pedindo que o abrissem.

— Que menina louca!

— É melhor abrir logo, porque senão essa menina ainda vai dar trabalho aqui dentro — interveio Otávio.

Destravaram o portão pelo controle remoto, e Nicole saiu. Estacou por um momento, mirando a estradinha de terra — iluminada pela lua cheia — e precipitou-se pela íngreme descida que levava até a rodovia.

    Era gélido o ar da noite. Nas profundezas da mata, ressoava o cantar das aves noturnas. Nicole deu continuidade à fuga, até chegar à rodovia.

    Um carro passou em direção à cidade, e Nicole implorou por carona, quase saltando à frente do veículo — em vão. Inutilmente, repetiu várias vezes o procedimento com outros que passaram. Escorregou, tombou no asfalto áspero; ergueu-se lentamente, sentindo doer muito um dos cotovelos.

    Atordoada, contemplou ao longe as luzes da cidade de onde gostaria de não ter saído. Começou a caminhar.

Depois de alguns meses de uso esporádico, Danilo foi se perdendo com a cocaína.

    Com um olhar perdido no semblante tristíssimo, vagava sempre pelos bares e ruas, aparentemente sem nenhuma finalidade, melancólico, sem pressa de ir embora. Sem dinheiro, mendigava a companhia dos usuários intermitentes que conhecia. Adivinhava-lhes as intenções, puxava assunto, oferecia-se para ir buscar a droga. Muitos o evitavam.

    Devido às frequentes ausências, perdeu o emprego. Recorreu a um traficante, tornando-se um pequeno vendedor volante. E o contato constante com a droga afundou-o de vez no vício.

    Chegaram boatos aos ouvidos dos pais. De fato, o desmantelo em que vivia o filho já há algum tempo os impressionava.

Arranjaram uma vaga em um centro de recuperação de viciados, em uma colônia agrícola. O tratamento baseava-se na leitura do Evangelho associada a uma duríssima rotina de trabalhos braçais, do amanhecer ao crepúsculo.

Danilo aceitou docilmente a providência tomada pelos pais, pois admitia para si mesmo o problema. E quando chegou o dia de levarem o filho de carro até a colônia, o pai falou-lhe de cara fechada:

— Vam'bora, Danilo; agora você vai saber o que é pegar no cabo de uma enxada...

Sentada à humilde mesa de madeira, Nicole aguardava que o pai terminasse de coar o café. O agradável aroma que se desprendia do bule misturava-se ao perfume de seus cabelos recém-lavados.

Nicole observava o pai, e ensimesmava-se.

Camponês aposentado, acordava antes da filha todos os dias para preparar o café. Tinha sido sempre assim, desde que a mãe de Nicole falecera cinco anos antes.

Filha difícil e mimada, às atenções paternas Nicole respondera sempre com impaciência e incompreensão. Mas agora, alquebrado pelos duros revezes dos últimos dias, seu gênio difícil esmorecia:

"Que alma boa!", reconhecia, e contemplava com carinho o velho pai. Trajando uma bermuda extravagante, muito colorida e de um estilo jovem que destoava de seus já avançados anos, o bom homem pareceu-lhe naquele momento adoravelmente cômico.

— Pai, este mês, quando eu receber, vou comprar um presente pra você — e imaginou uma elegante bermuda social, como as que os advogados da firma usavam nos dias de folga.

— Júnior, vá calçar um tênis, que daqui a dez minutos nós vamos sair — disse com firmeza o pai.

Deitado no sofá da sala, Quiçaça olhava enfastiado para a televisão, na qual personagens de um enfadonho desenho animado moviam-se em duplas imagens, com seus trejeitos cômicos e falas histriônicas. Tomou coragem, ergueu um pouco as pernas, e jogou-as de uma vez para fora do sofá, pondo-se sentado.

Eram dez horas da manhã de sábado. Quiçaça olhou demoradamente para a irmã, quase da mesma idade, que comia sentada um pedaço de bolo.

— Está olhando o quê? — perguntou a irmã, naquele tom ríspido do trato entre jovens irmãos, que têm o costume de fingir antipatia uns pelos outros.

— Que esganação pra comer esse bolo, credo! Parece que está passando fome... — zombou Quiçaça, que junto à família mostrava-se brincalhão e extrovertido.

— Vá calçar o tênis, imundície... Não ouviu o pai?

Quiçaça levantou-se de má-vontade e foi ao banheiro pegar o tênis. O pai, proprietário de um decaído caminhão-baú, transportava móveis para mudanças. Nos sábados, quase sempre havia muito serviço, e Quiçaça tinha que ajudar.

Já na cabine do caminhão, o pai acendeu um cigarro, e Quiçaça, que não fumava na frente dos pais, até pigarreou de vontade. Pôs-se então a batucar com os dedos no painel do veículo, no ritmo da música que tocava no rádio.

— O que vai ser hoje?

— Vai ser uma da Vila Márcia para o Jardim São Cristóvão.

— É dessas mudanças que eu gosto! Mudança de pobre, que não tem quase nada, não dá trabalho! — Empolgado,

Quiçaça pôs-se a batucar mais vigorosamente, chegando até a balançar os ombros, num arremedo de dança.

Chegavam já ao bairro Vila Márcia. Depois de entrar na rua onde se localizava a casa, o pai reduziu a velocidade do caminhão e pôs-se a olhar os números das casas, com a cabeça projetada para fora da cabine.

Eram humildes as habitações, muitas delas tinham cercas de propriedade rural em lugar de muros. A terra vermelha, aderida às paredes claras, conferia um aspecto de sujidade a tudo. Nas ruas, viam-se moleques descalços e sem camisa, vadiando, assim como rapazotes mal-encarados, sem ocupação; nos botecos de esquina, alguns homens jogavam sinuca, outros apenas bebiam, conversando, e outros, provavelmente sem dinheiro, simplesmente quedavam de cócoras encostados à parede, observando o movimento.

Encontraram, por fim, a casa, pequena, num terreno grande que abrigava um frondoso abacateiro. Bateram palmas, e uma mulher de uns quarenta anos, em pé no meio de uma desordem de incontáveis caixas de papelão que jaziam na varanda à frente da casa, gritou para que entrassem.

Passaram pelo portão. O cheiro da terra úmida, à sombra agradável e perene da árvore, fazia lembrar uma aprazível habitação rural.

— Prontos para a trabalheira? — perguntou sorridente a mulher, que tinha jeito de camponesa.

— Prontos! — respondeu o pai de Quiçaça, meneando a cabeça para enfatizar a afirmação.

— Também, com um rapaz forte desses pra ajudar, fica mais fácil, hein?

— Esse está forte mesmo. É a comida da mãe dele...

De fato, já há algum tempo que Quiçaça vinha encorpando consideravelmente. A função de auxiliar do pai nas tarefas de mudança tinha lhe desenvolvido a musculatura, ao mesmo tempo que lhe aguçava o apetite. Vinha engordando, mas os quilos que ganhava distribuíam-se bem por seu corpo, rendendo-lhe uma aparência de potência jovem.

De dentro da casa surgiu um rapazinho de uns quinze anos, de expressão séria, que foi logo cumprimentando Quiçaça e o pai.

Então a mulher berrou para dentro de casa, chamando a filha:

— Ô Rosângela! Vem cá conhecer o seu Gomes e o filho dele! — E voltando-se para os dois: — Ela é um bicho do mato, tem vergonha de todo mundo! Ô Rosângela!

Rosângela veio saindo desconfortavelmente para a varanda, com o olhar muito arisco e fugidio. Era uma bela moça, de cabelos meio claros, forte, com exuberância de quadris e seios. Cumprimentou seu Gomes, mas evitou Quiçaça, subtraindo-se ao previsível constrangimento de cumprimentar um rapaz de idade próxima à dela. Mas a timidez da filha era para a mãe fonte de divertimento:

— Ué, e não vai cumprimentar o filho do homem?! Olha que rapaz bonito! — A mulher deleitava-se com a situação.

A moça caminhou em direção a Quiçaça, levantou brevemente o olhar para seu rosto, e apertaram-se as mãos.

— E não dá nem os beijinhos no rosto? Hoje em dia, aqui na cidade, as moças cumprimentam os rapazes dando beijinhos no rosto, menina! Mas ela é da roça mesmo, não tem jeito não...

Rosângela voltou rapidamente para dentro da casa, como que fugindo apavorada.

Seu Gomes estava a se torcer de rir com as traquinagens da mulher. Mas Quiçaça tinha o coração disparado, como nunca havia sentido antes. E quando começou, com o pai, a levar os móveis para a picape, sentiu uma alegria inédita no trabalho, com os músculos sob o efeito de prazerosa lassidão...

— Alô?
Do outro lado da linha, depois de um breve instante de silêncio que denotava um esforço de identificação do interlocutor, uma voz pausada respondeu:
— Alô, quem está falando?
— Lucas. Gostaria de falar com quem?
— Lucas, você está bom? É o tio Juca. Seu pai está aí?
— Ô, tio Juca, como o senhor está? Desculpa, não tinha reconhecido a voz... Meu pai não está não, mas deve chegar daqui a pouco, às seis.
— Diga a ele que eu vou dar uma passada por aí. Será que eu posso dormir aí de hoje pra amanhã?
— Claro, tio Juca.
— Então daqui a umas duas horas estou chegando aí. Até mais.

Lucas colocou o telefone no gancho, e ficou pensativo. Seu pai, órfão de pai e mãe desde os sete anos, tinha sido adotado por um tio, o pai de Juca: os dois primos, de idade aproximada, foram criados como irmãos, estabelecendo fortes laços de amizade. Manoel, o pai de Lucas, formou família na cidade natal, e ali foi ficando. Juca, por sua vez com apurado tino para os negócios, havia feito fortuna em um distante rincão do interior do país, onde agora criava gado de corte. No momento, regressava de uma viagem à capital do estado e fazia parada na cidade.

Lucas foi recebê-lo ao portão. Tio Juca cumprimentou-o calorosamente, com uma simpatia discreta, o sotaque modificado. Entraram, acomodaram-se na varanda aos fundos da casa.

Pouco depois chegou o pai de Lucas.

— Como vão as coisas por aqui, primo?

— Tudo bem, sem novidade. E a fazenda?

— A fazenda me dá uma trabalheira... Mas o gado está bonito.

Lucas bebia em silêncio a cerveja, ouvindo magnetizado as narrativas que o tio ia desfiando, num cenário remoto de campos sem-fim, de rodovias ermas e capitais sertanejas...

Em tom de brincadeira, o tio propôs:

— E você, Lucas, não quer ir comigo pra ***? Bem que eu precisava de um rapaz inteligente assim comigo, de confiança, pra me ajudar nos negócios...

Ao final do expediente, Nicole organizava os papéis sobre a mesa quando recebeu das mãos do estagiário a carta de demissão, com um cheque anexado.

A carta era breve, e comunicava a dispensa em estilo formal. Agradecia pelos serviços prestados, e em seguida informava sobre o cheque anexado, que quitava os dias de trabalho devidos.

Tentando controlar o estado de choque, Nicole levantou-se da cadeira. Queria ir embora o mais rápido possível, e com gestos apressados e trêmulos, começou a juntar suas coisas. Um copo de plástico tombou: o café frio correu sobre a mesa, molhou a carta, pingou no chão. Quando foi à copa buscar um pano, bateu a canela na mesinha de centro.

Saindo à rua, o ambiente do centro da cidade — com sua profusão de lojas, restaurantes e escritórios — pareceu-lhe hostil. Foi caminhando atordoada rumo ao ponto de ônibus, imaginando-se como objeto de compaixão quando a notícia se espalhasse.

Chegando ao bairro, passou pela casa de Julia. Encontrou-a na calçada, descansando numa cadeira de praia:

— Que te aconteceu, menina?

Nicole estendeu-lhe a carta de demissão, e em seguida começou a chorar, um choro entrecortado por soluços. Julia abraçou-a fraternalmente, acomodando o rosto molhado da amiga em seu ombro, e consolou-a com uma voz mansa, como se faz com uma criança que se machucou:

— Não fica assim não... Logo você arranja outro emprego, você vai ver...

— Alemão, bota mais vontade nessa enxada, porque pelo jeito o Capitão vem vindo aí. E eu ouvi dizer que o homem está meio nervoso hoje — advertiu Pedrão.

Danilo olhou pros rumos da administração. De fato, o Capitão caminhava apressado em direção ao ponto onde os dois internos, de ferramenta em mãos, roçavam o mato.

Pedrão — conhecido no meio que anteriormente frequentava pela variante depreciativa de "Pédrão", de pedra de crack — era hábil na enxada. Mulato de compleição robusta, submetido à alimentação regular e ao trabalho pesado da colônia agrícola para tratamento de viciados, recuperara completamente a massa muscular que antes havia perdido, nos tempos do vício.

Com a expressão circunspecta, os óculos escuros antiquados, o Capitão se aproximou e saudou os internos com um seco bom-dia. Era o diretor da colônia. Maravilhado com a recuperação no local de um filho que julgava perdido, tinha feito a Deus a promessa de dedicar-se ao trabalho voluntário de ajuda às vítimas do vício. Advindo a aposentadoria, tinha assumido a direção da colônia, onde impunha o rigor dos quartéis.

Após conferir por alto a execução da tarefa sob responsabilidade de Danilo e Pedrão, o Capitão tomou o rumo do curral, onde outros três internos ordenhavam as vacas de leite.

Chegando à frente de um viçoso pé de arranha-gato, que dava a impressão de ter rompido à força a grossa capa da corda-de-viola rasteira, dominante no terreno, Danilo deixou a enxada e pegou a foice. Com determinação, começou a desferir seguidos golpes no tronco espinhento da árvore. Pedrão observava parado, divertindo-se com a cena, gritando a cada golpe:

— Vai, Alemão, vai, Alemão, quero ver!

E por fim, quando a árvore tombou:

— Boa, Alemão! Alemão, o rei da foice! — E os colegas cumprimentaram-se batendo com força as palmas das mãos.

Danilo parou um pouco e enxugou o suor da testa na manga da camisa. Magro e de pele muito clara — que tinha lhe rendido na chácara o apelido de Alemão — sentia muito o trabalho pesado sob o sol, mas vinha melhorando aos poucos.

Danilo fitou então o que ainda faltava pra terminar: uns desanimadores quinhentos metros quadrados.

— Pedrão, se eu tivesse pelo menos uma grama de pó aqui comigo, aí você ia ver como que eu destrinchava isso aqui tudo, em meia hora...

— E eu, se tivesse uma pedrinha só... Roçava até o taquaral do brejo...

A cidade de J..., com uns dez edifícios na área central e extensos bairros suburbanos que se espalhavam pela planura, demarcava o final do mundo conhecido de Lucas.

Excitante sensação! A caminhonete avançava rapidamente. À beira da rodovia, passavam agora pelo último bairro dessa última cidade conhecida: borracharias pobres, ao mesmo tempo residência e loja, anunciando nas próprias paredes o serviço de "Borracheiro 24 horas", em toscos letreiros; postos de gasolina empoeirados, com restaurantes decadentes; ferros-velhos desolados, com o mato vicejando entre carcaças de veículos; e bordéis, com exóticos nomes em inglês.

E tudo isso foi rareando, até desaparecer por completo, cedendo lugar à paisagem rural ordinária da região — vastas pastagens intercalando-se com trechos onde persistiam as árvores tortuosas do cerrado, melancólicas sob a tarde que caía.

Já haviam percorrido uns quinhentos quilômetros, um terço da distância até a fazenda de Juca.

— Você deixou namorada pra trás?

— Nada...

— Então hoje você já vai arranjar uma. Vamos pernoitar em ***, conheço umas meninas gente fina lá.

— Mas eu não tenho dinheiro...

— Fique sossegado. Mas não vá comentar nada com sua tia depois, hein?

— É lógico que não.

— Um homem tem que ter um divertimento de vez em quando, não é verdade?

— Ô...

— E lá na sua cidade, você ia ao Bar da Cleide?

— Já fui, mas só pra tirar um sarro, conversar com as meninas...

— Não fechou com nenhuma menina?

— Não, não tinha dinheiro.

— Está certo, fez bem. Rapaz novo como você, tem que arranjar mulher é de graça. Eu, que já sou mais velho, tenho mesmo é que dar uma gorjeta pras meninas. Que mulher vai achar graça num coroão barrigudo como eu? Só minha mulher mesmo, que já está acostumada comigo. E eu já nem estou dando conta de mulher mais.

— Não dá conta, sei... O senhor está mais forte que eu...

— Lucas, hoje nós vamos fazer essa farra, mas você não vá se acostumar com isso não, viu? Não vá ficar como dois empregados que eu tenho, que em um só dia na cidade desperdiçam o dinheiro do mês inteiro... Voltam pra fazenda sem ter comprado nem um pacote de cigarro, e aí vêm me pedir pra comprar e descontar do salário no mês seguinte. Fico com dó, compro, e depois tenho dó de descontar do salário, que já não é grande coisa... Mas se eu não descontar, vira rotina, e vão achar que o cigarro é benefício igual a abono de férias. Então, tenho que descontar, pra doer no bolso deles, pra ver se eles tomam jeito. Mas fico com dó, desconto metade, perdoo metade... Porque são dois meninos bons de serviço.

Fez-se noite na rodovia. Depois de uma longa subida, avistaram as luzes da pequena cidade de L..., onde iriam pernoitar. Minutos depois, a caminhonete se enfurnava por entre as ruas esburacadas, sem asfalto, até estacionar em frente a um boteco. Sentadas em cadeiras de bar postas na calçada, três mulheres observavam com grande curiosidade os dois viajantes que saíam do veículo.

Na manhã ensolarada do sábado, Nicole abriu a geladeira: havia ainda uma última garrafa de cerveja.

Abriu-a, encheu um copo, saboreou: geladíssima! Há quarenta dias que experimentava uma rotina de alcoólatra. Depois da demissão, tinha praticamente varrido o centro da cidade à procura de uma nova vaga de secretária, em vão; tentara também nas lojas, supermercados, nas poucas fábricas — inutilmente.

Então, no final da tarde de uma sexta-feira, enquanto caminhava voltando do centro, reparou na alegria de um grupo de trabalhadores, que bebiam à mesa de um bar do conjunto habitacional. Tinham a roupa suja de graxa, e com expressão satisfeita gozavam de um justo momento de descontração, depois da dura semana de trabalho.

A cena fixou-se em seu pensamento. Por que se afligia tanto, se a vida reserva tantos prazeres?

Nicole resolveu então provar do remédio do povo que trabalha e se cansa. Sentou-se em um bar, o dono veio atendê-la com intensa solicitude — era uma moça atraente, que não costumava passar despercebida —, saboreou a primeira cerveja que bebia sozinha. O álcool acalmou-lhe os nervos, e Nicole ficou a contemplar o crepúsculo avermelhado no horizonte amplo que se via do bairro.

Desde então, adotara a receita, de forma descontrolada e radical. Bebia de manhã até a hora do almoço, que o pai preparava. Comia um pouco, e dormia à tarde a sono solto — o sono dos bêbados que caem pelas calçadas. À noite, recomeçava.

Na última semana, viu que o dinheiro estava prestes a terminar. Com o que lhe sobrava, comprou uma dúzia de cervejas das mais baratas, um pacote de cigarros, dois litros de pinga, limões e açúcar, estes três últimos para fazer caipirinha.

Acabou com tudo, e naquela manhã de sábado, enquanto saboreava a derradeira garrafa, Nicole não sabia ainda onde arranjaria dinheiro para comprar um maço de cigarros.

Terminou a cerveja, teve vontade de fumar. Foi ao quarto do pai, achou um pedaço de fumo-de-corda em um dos armários. Mas como transformar aquele cilindro maciço e rígido, torcido numa espiral, em um cigarro para se fumar? Cortou um pedaço, tentou desintegrá-lo com as unhas — era pegajoso e deixava manchas negras sobre o esmalte —, colocou os pedacinhos de fumo sobre um pedaço de palha seca de milho e tentou dar forma ao cigarro. Não conseguiu, jogou tudo no lixo, com raiva.

Bebeu um resto de pinga que achou na garrafa, sentiu a embriaguez invadir-lhe os sentidos.

Precisava de dinheiro. De que adiantava se conseguisse talvez um maço de cigarros, pedindo fiado no bar? E amanhã, como faria?

Pegou o celular, procurou um contato, ligou:

— Alô, Otávio? É a Nicole... Lembra-se de mim, do escritório de advocacia? Otávio, estou precisando muito de dinheiro. Será que você não tem algum amigo que queira me conhecer? Você está me entendendo? Algum amigo gente fina, que tenha dinheiro... Pra passar uns momentos comigo, dar uma relaxada... Pode dizer que vou fazer tudo direitinho, ele vai gostar...

Dez anos se passaram. Como as águas de um rio, que ora correm tranquilas, ora despencam, revolvendo-se em turbilhões.

Quiçaça encontrou em Rosângela uma boa esposa — discreta, trabalhadeira e carinhosa. Têm já um casal de adoráveis filhos.

Danilo voltou diferente da colônia de recuperação. Quem um dia o conheceu nos tempos do vício em cocaína, logo à primeira vista há de notar a transformação: seu olhar, antes perdido e sem brilho, ganhou confiança e firmeza amparado por ardente fé. Tem muitas tatuagens coloridas pelo corpo, todas ligadas à religião: num antebraço, Nossa Senhora Aparecida, no outro, o Sagrado Coração de Jesus; no meio das costas, um crucifixo gigante; na lateral da canela, São Sebastião crivado de flechas; e para arrematar, no peitoral esquerdo, Moisés pregando os Mandamentos. Tudo isso é fruto da enérgica e convincente pregação do Capitão, associada à amizade de Danilo com o Zeca Tatu, que antes de ser interno da chácara tinha sido tatuador profissional.

Nicole foi arranjar serviço no Ibiza Night Club, na cidade de médio porte de G..., e durante oito anos consumiu a juventude numa alucinante espiral descendente. Com seu belo corpo, nos seus primeiros anos na casa ganhava sempre a preferência dos clientes, e Deus sabe o que sofreu com a inveja de algumas colegas. Mas depois perdeu muito da beleza, e conheceu a escassez.

Mas aprendeu também um ofício — coisa inusitada... No Ibiza vivia uma dama já madura, que, por ter sido durante muitos anos amante de um cônsul, era conhecida como Embaixadora. Essa senhora, que simpatizou com Nicole, dominava com destreza arte da maquiagem e do feitio de penteados — e despertou em Nicole um inesperado dom. E à medida que a discípula evoluía rapidamente na prática, aumentava o entusiasmo da velha mestra:

— Minha filha, o que você está fazendo aqui? Volte para a casa de seu pai! Com as mãos que você tem, vai fazer fama se montar um salãozinho... Aqui, mais um pouco e você já não vai conseguir nem pro sustento, vão te mandar embora... Eu vivo aqui por caridade da dona, a quem ajudei criar...

Até que em um Natal Nicole foi fazer a visita anual ao pai e não voltou mais ao Ibiza.

Reencontrou Julia, que tinha um noivo e morava no mesmo bairro, e a antiga amizade refloresceu. Preparou o penteado e a maquiagem da amiga para a cerimônia de casamento, e foi aos poucos ganhando freguesia, no salão que logo montou na casa do pai.

Lucas fez dinheiro com o tio, tornando-se proprietário de numerosas cabeças de gado. Diferente do menino que dez anos antes tinha saído de casa para conhecer a vida, agora é um homem tranquilo e seguro de si, de fala mansa e sotaque retemperado.

No dia em que reencontrou Nicole, era sábado de carnaval, e Lucas notava uma alegria diferente pairando no ar da cidade.

Eram umas cinco da tarde. Lucas tinha rodado um pouco pela cidade, visitando velhos amigos. Passou na casa de Quiçaça, onde bebeu um pouco de cerveja, comeu churrasco, e fez palhaçadas com as crianças. Passou também na casa de Danilo, onde lhe foi oferecido café — Danilo não ingeria mais bebida alcoólica —, depois ficou dirigindo a caminhonete sem destino, parando em botecos, conversando com conhecidos.

Acabou passando sem querer em frente à casa de Nicole, que varria a calçada. Cruzaram-se os olhares, e reconheceram-se.

Lucas ficou perturbado. Virou à esquerda na primeira esquina, e até estacionou a caminhonete.

Veio-lhe à lembrança a cena rude naquele fim de noite na danceteria, no começo da história. Como persistem as mágoas antigas, adormecidas nos recessos da alma...

No entanto, essa encontrou um coração já duro e resistente. E as ideias baralhavam-se na cabeça de Lucas: *Me lembro dessa menina! Foi grosseira comigo!*

E em meio aos rancores de uma época passada, abriam espaço os interesses do presente: *Mas não é que a danada está bonita! E ela me viu, me reconheceu, é certeza. Quem sabe ainda não dou uns beijos nela, ainda está valendo bem a pena! E depois, de que me vale ficar remoendo essas coisas de dez anos atrás? Quem mandou ser um moleque besta e sem assunto?!*

Deu a volta no quarteirão, reduziu a velocidade, passou em frente à casa de novo. Nicole olhou, sorriu suavemente. Era mesmo um flerte.

Lucas parou a caminhonete próximo à calçada:

— Oi, moça. Lembra de mim?

— Lembro. Você morava aqui no bairro.

— Você vai pular o carnaval onde hoje?

— Vou dar uma passada no Salão do Atlético, mas não estou querendo demorar muito não...

— Se eu aparecer lá, você toma uma cerveja comigo?
— Tudo bem. Te vejo lá...

Nicole experimentou a primeira combinação de roupas para o baile, e olhou-se ao espelho.

Usava uma saia curta, um palmo acima dos joelhos, muito justa nas coxas, e uma blusinha decotada.

Até que não ficou ruim..., lembrou-se dos tempos de bordel, e um sorriso maroto estampou-se em seu rosto. *Mas está vulgar. O que é vulgar demais, acaba ficando brega.*

Substituiu a saia por outra um pouco mais longa, apertada nos quadris e frouxa nas coxas. *Melhorou... Assim está bom, fica até melhor pra dançar.*

Entrando no Salão do Atlético, viu Julia e o marido sentados em uma das mesas. Cumprimentou-os, sentou-se um pouco.

— Ê Nicole, você está chique hoje, hein?!
— Combinei de encontrar um paquera. Ele é bem bonitão...
— E cadê ele?
— Deve estar em alguma mesa por aí... — E vasculhou o salão com o olhar. Avistou-o na ponta oposta do salão, sentado diante de uma garrafa de cerveja; estava bem-arrumado, de bermuda social, barba feita. — Gente, ele está lá... Tchau, divirtam-se!

Pouco tempo depois, Nicole e Lucas deixaram o burburinho do salão e foram para um local reservado.

Lucas surpreendia-se com Nicole, tão diferente: uma mulher amável, que compensava o desgaste na juventude com a precisão na escolha dos trajes (tinha atraído praticamente todos os olhares masculinos no baile) e com a competência na arte do amor.

Por sua vez, Nicole tinha de Lucas uma lembrança apagada. Um rapaz do bairro, que uma vez puxara assunto em uma danceteria... Mas a versão atual também agradava: um homem gentil, aparentando conhecimento das coisas da vida, e ardente.

Depois do motel, Lucas ainda quis beber uma saideira, numa choperia. Ficaram conversando, sem vontade de ir embora.

Pelas ruas, os foliões voltavam do baile. O sol despontava já sobre a cidade.

E Nicole nem mais se lembrava das tristezas passadas, do tempo em que se entregara a estranhos, à luz mortiça de um abajur de bordel...

O sobrado

Sei que sou um homem estranho.
 Nunca fui um tipo extrovertido ou irreverente, e o fato é que desde a mais tenra infância dei mostras de uma personalidade pensativa e taciturna. No entanto, a sombra permanente que hoje cobre meu semblante não nasceu comigo, foi adquirida.

Se hoje sou triste, não fui sempre assim: um acontecimento infeliz marcou minha história. Reergui-me, é verdade, sinto que o pior já passou, mas os músculos de meu rosto devem ter perdido muito da elasticidade durante os tempos de crise: isso explica o arremedo pouco convincente que me desenham na face, quando, por algum motivo, eu tento esboçar um sorriso.

Que este infortúnio que me esforço em contar, sirva de aviso a algum jovem de personalidade imaculada que, por algum motivo, venha a ler estas páginas.

Jovens... Chega o dia em que as brincadeiras de criança não mais satisfazem, e uma vida de sonho, com uma descoberta a cada passo, se transforma de súbito, aos olhos atônitos, num cotidiano insosso impregnado de tédio.

O instinto sussurra aos ouvidos ingênuos, e um primeiro suspiro escapa do peito... É o primeiro uivar do lobo...

E neste mesmo sublime momento, o Tentador conspira em segredo. E o menino que adormeceu vislumbrando fugidias imagens de sonho desperta de súbito num pesadelo real, do qual não consegue fugir.

Vou contar-lhes minha história.

No ano de ..., fui aprovado no vestibular, e segui para a cidade de K... Sedento de Ciência, deixei a casa de minha mãe. Contava eu vinte anos completos.

Na cidade, esperava-me meu novo lar: um belo sobrado antigo, recebido por minha mãe como herança de minha tia Cecile, que teve os últimos anos de vida marcados por uma terrível tragédia familiar.

Era uma casa velha, mas de construção sólida, dos primórdios da cidade, de uma época em que as famílias de posse se permitiam ainda exibir a riqueza francamente à rua, apreciando viver em residências de arquitetura fina, cujas fachadas ricamente projetadas podiam — e deviam — ser vistas da calçada. Era um sobrado imponente e gracioso, branco com janelas marrons. De manhã, quando o sol nascente incidia naquela fachada tão alva, resplandecente à luz, contemplando-a da rua, o observador ocasional era visitado de imediato pela curiosa ideia de que ali devia, necessariamente, viver uma família feliz, exatamente como fora outrora.

Interiormente, no entanto, a casa era sombria. Foi exigência testamental de minha tia que a mobília e a decoração — cuidadosamente adquiridas ao longo de anos — fossem todas mantidas no lugar, desejo que minha mãe acatou criteriosamente.

E o motivo principal que permitiu que essa rica casa viesse a abrigar-me — a ausência de herdeiros diretos — incitava também os pensamentos sombrios: a casa era repleta de retratos emoldurados, afixados às paredes, e não havia um só retrato de pessoa viva.

Acossado pela solidão em uma residência tristonha, refugiei-me obstinadamente nos estudos. A rígida disciplina que me impuseram nos tempos do colégio militar, recebeu então um acento extra. Eu me levantava às cinco horas da manhã, e saía à rua para uma rápida sequência de exercícios ao ar livre. De volta, logo após o desjejum, iniciava a primeira hora de estudos, lendo as lições que seriam dadas no dia. Às sete e meia, encaminhava-me à faculdade.

Entre os colegas de turma, meu temperamento tímido e arredio me atrapalhava a fazer amizades. Talvez por afinidade de gênios fiz amizade com um rapaz de nome Felipe, mas que todos convencionaram chamar pelo sobrenome — Mendes. A mim também — por que cargas d'água? — calhou passar-se o mesmo, e me chamavam por Tavares.

Até mesmo as meninas nos chamavam assim, quando por algum raro motivo se dignavam a dirigir-nos a palavra. Felipe Mendes — ainda me lembro bem! — era moreno, um pouco gordo, e usava óculos com aros grossos, deselegantes. Trajava sempre estilo social, o que o fazia parecer mais velho que os demais.

Depois das aulas, eu almoçava em um restaurante próximo à faculdade e retornava ao sobrado. Estudava a tarde toda até as cinco, quando fazia uma ligeira pausa para um café. Depois, estudava mais um pouco. Às seis e meia, saía para uma breve caminhada, voltava, jantava, lia alguma coisa para me distrair e me deitava quase invariavelmente às dez.

Meu leito ficava próximo a uma das janelas, de forma que eu ouvia sempre os ruídos de fora, que à noite consistiam no assobio do vento e no farfalhar dos galhos das árvores, e nada mais.

Frequentemente, atacava-me a insônia. Eu vagava pela casa. Das paredes, me espiavam meus parentes já falecidos.

Uma tarde, encontrando-me atipicamente indisposto aos estudos e movido pela curiosidade, pus-me a examinar os traços familiares desses rostos cujas almas já se foram.

Apesar de inumeráveis as fotografias, os personagens retratados eram poucos. Uma única foto muito antiga de meus avós maternos, ainda jovens, e uma de minha tia Cecile estavam solitárias em meio a uma multidão insólita em que duas únicas faces se repetiam obsessivamente: a de meu tio André e a de minha prima Nastássia.

O retrato de meus avós se encaixava no padrão de uma época em que as pessoas se preparavam longamente, antes

de pagar caro para que uma nova tecnologia — recém-
-chegada a um distante rincão —, eternizasse sua figura.
Meu avô usava terno e bigode, e minha avó, vestido e colar
com um pequeno crucifixo de ouro. Tinham expressão
muito digna e séria, e acho que ficaram bem. Dos olhos
morenos de meu avô sobressaía um brilho penetrante e
ardente, que reconheço em minha mãe.

No retrato de minha tia Cecile — provavelmente regis-
trado por volta de seus quarenta anos —, sua vivência
do mundo, de mulher viajada, habituada às capitais da
Europa, transparecia curiosamente. Parecia-se muito com
minha mãe, mas tinha a expressão retemperada pelos ares
estrangeiros que esta última nunca conheceu. A elegância
e a classe que a distinguiam, mesmo entre os mais seletos
ambientes, em cada detalhe estavam manifestas: estava
sentada sobre uma grande e confortável cadeira estofada,
mas em posição disciplinada e contida, como que despre-
zando o luxo disponível; tinha expressão altiva, mas generosa; em uma de suas belíssimas mãos, longas e magras,
via-se a aliança de casamento, e na outra, uma esmeralda
bruta presa a um anel de ouro; e um colar com um pingente
também de esmeralda, associado a um decote discreto,
calculado para permitir somente um ligeiro vislumbre do
busto, conferiam-lhe uma sensualidade de rainha.

As fotografias de meu tio André, diplomata de carreira, passavam esta mesma impressão de requinte, porém
com menor intensidade. Enquanto minha tia transmitia
a imagem de uma personalidade naturalmente talhada
para a convivência social, meu tio parecia encarar o luxo
e a etiqueta inerentes à sua profissão como meros ossos
do ofício: nas fotos em que aparecia trajado a rigor, mos-
trava um semblante cinza e reservado, e naquelas em que

aparecia de folga, no recesso da família, parecia bem-humorado e satisfeito.

Quanto às fotos de minha prima Nastássia, considerando-se sua notável beleza física, poderiam muito bem significar um contraponto à melancolia e à atmosfera pesada do interior da casa, não houvesse a lembrança opressiva de sua precoce e até então recente morte, lançando sempre uma sombra de tragédia sobre tudo.

No modesto lar em que fui criado, a beleza e a inteligência de Nastássia, a prima rica e distante, afilhada de minha mãe, sempre foram objeto de admiração e respeito. Minha mãe, particularmente, adorava-a como filha.

Das vezes em que tive a oportunidade de encontrar a família de minha tia, uma tem presença mais forte em minha lembrança, provavelmente por ter sido talvez a última.

Vinham de longa permanência na Europa, uns cinco anos talvez. Retornavam ao país, a esta mesma casa onde sempre haviam residido. Nastássia deveria ter uns dezoito anos, eu tinha quinze. Meus irmãos, Rogério, William e Ester, tinham doze, nove e sete, respectivamente.

Nastássia exultava de alegria e empolgação por reencontrar os primos. Praticamente, estávamos nos conhecendo, e ela desmanchava-se em afeição conosco. Sua beleza e simpatia correspondiam perfeitamente à descrição que sempre fazia minha mãe. Um forte sotaque estrangeiro modulava sua suave voz, conferindo-lhe um charme adicional.

Num momento em que Nastássia havia ido à rua com William e Ester — lembro-me nitidamente —, minha mãe e minha tia passaram a falar baixo uma com a outra, em tom de confidência. Tinham a expressão carregada. Sentadas ao sofá, seguravam-se as mãos. Pelo rosto de minha tia escorreu furtivamente uma lágrima:

— Mas você não imagina como esse reencontro está fazendo bem a ela... Há muito tempo eu não a via tão alegre!

Nastássia padecia de um sério distúrbio psíquico. Sua natureza ardente e ativa, contemplada com aguda inteligência, era, por vezes, acometida por uma depressão súbita: seu semblante se transmutava em uma máscara inerte de olhar opaco, e ela se trancava no quarto... Por dias a fio, de janelas cerradas, luzes apagadas, antecipando a sepultura...

Numa tarde, em que eu me entregava ao estudo com o afinco costumeiro, soou a campainha do sobrado. Desci a escada apressadamente e sondei o lado de fora através do olho mágico: tratava-se de uma jovem mulher. Abri a porta.

— Pois não?

— Bom dia. Meu nome é Silvia, fui muito amiga da Nastássia, que morou aqui por muitos anos. Desculpe a amolação, mas é que... Bom, eu passo sempre por aqui, vi luzes acesas na casa e...

Procurando as palavras, a jovem tirou os óculos escuros, e mediu-me com olhar curioso. Era uma bela moça, com cabelos pretos e lisos à altura dos ombros, rosto fino e pele clara. Trajava calça e camiseta não muito coladas à pele, mas suficientemente justas para evidenciar a beleza do corpo. Parecia surpresa com minha presença na casa.

A contemplação de sua beleza seguramente deve ter estampado uma expressão de estupidez em meu rosto. Eu estava malvestido, de bermuda e camiseta muito velhas, com uma sandália surrada nos pés encardidos.

A moça percebeu o impacto que causara e encorajou-se a buscar informações mais diretamente:

— Você é inquilino da casa?

— Não. A Dona Cecile era minha tia. A casa ficou de herança para minha mãe.

— Ah... — Silvia examinou minha fisionomia e em seu rosto desenhou-se um sorriso amistoso. — Sabe que você se parece um pouco com a Nastássia?

Pareceu aguardar um convite para entrar, o que demorei um pouco a fazer devido à estupefação.

Silvia entrou, sentou-se em uma poltrona, girou o olhar pela sala. Depois levantou-se, para olhar de perto os retratos de família.

— Você mora com quem aqui?

— Moro sozinho. Sou estudante.

— Sozinho?

— Sim.

— E você não tem medo?

— Não... Mas a solidão me desanima às vezes.

— Você não me falou seu nome.

— Gabriel.

— Gabriel, você não tem um cafezinho pra nós?

Corri para o fogão. Silvia me acompanhou e encostou-se ao batente da porta da cozinha, observando.

— Você vai fazer café mesmo, passar no coador?

— Sim, você não gosta?

— Gosto. Mas só sei fazer café solúvel.

Procurou dentro da bolsa, tirou um maço de cigarros. Animei-me também a perguntar alguma coisa.

— Então, você era muito amiga da minha prima?

— Muito.

— Desde quando?

— Desde a infância. Quando ela voltou da Europa, nos reencontramos, e parece que ficamos mais ligadas ainda.

— Eu a conheci pouco. Mas das poucas vezes que a encontrei, gostei dela. Parecia bem simpática.

— Ela era uma gracinha.

— Ela tinha problemas com depressão, não?

— Tinha.

— Tomava remédios, não?

— Tomava. Tomava esse aqui, ó. — E tirou uma cartela de comprimidos da bolsa, para me mostrar.

— Então você também tem problemas?

— Tenho, mas não é tão grave.

Voltamos para a sala, e tomamos o café.

— Seu café ficou uma delícia.

— Obrigado. Pode acender o cigarro, se quiser.

— Não, menino, vai deixar cheiro na sua casa. Já tenho que ir, fumo lá fora. Foi um prazer, viu? E obrigada pelo café.

Despediu-se de mim com um beijo no rosto, saiu à rua e entrou no carro, sem prometer voltar.

Como nos desnorteiam as mulheres! Depois da visita de Silvia minha férrea rotina sucumbiu diante de uma agitação crescente, e eu não conseguia mais me concentrar direito.

Eu me culpava duramente por não ter pedido o número de seu telefone; tal omissão relegou-me à passiva expectativa por nova visita, que talvez nem viesse a ocorrer.

Por onde andaria? Onde poderia eu encontrá-la? Estas questões levaram-me a longas e tortuosas peregrinações pelas calçadas da cidade. Atraía-me qualquer tipo de aglomeração de pessoas: busquei-a nos restaurantes do centro da cidade, nas igrejas, nas choperias, nos supermercados, por todos os lados. Por fim, desisti.

Mas no fundo ficou um restinho de esperança. Atestam-no as vezes em que qualquer carro parecido com o dela, de vidros escuros, por algum motivo, estacionava na rua. Com a pulsação disparada, eu me abaixava e fingia amarrar os sapatos, aguardando as portas do veículo se abrirem... Talvez fosse ela!

Uma noite, assolado pela ânsia de rever Silvia, revirei os armários que foram de Nastássia, em busca de alguma pista.

Encontrei três cadernos, surrados pelo uso: eram os diários de minha prima.

Folheei-os rapidamente. Eram fartos de anotações, que relatavam fatos e impressões do cotidiano. Folheando as páginas, e observando os registros das datas, eu via despontarem — com sinistra regularidade — longos intervalos de silêncio, em que nada era escrito...

Assim que retornou ao país, aos dezoito anos, Nastássia ingressou na faculdade de Letras. Registrou assim suas primeiras impressões:

"Décimo dia de aula na faculdade.

Já iniciei amizade com alguns colegas. De maneira geral, são legais, e vêm de diferentes regiões do país; é curioso ouvir novamente os sotaques, tão diferentes! Por exemplo: tenho uma colega do litoral, muito morena e com aspecto muito saudável, chamada Marina, que tem exatamente a beleza tropical que as meninas tanto invejam na Europa. E tenho também um colega que veio de uma cidadezinha perdida no interior do país, de nome Sérgio, um pouco sério e concentrado, e seu sotaque é completamente diferente do de Marina. Nas poucas vezes em que o ouvi falar alguma coisa, lembrei-me de meus primos.

De mim, também estranharam o sotaque, e chamam-me frequentemente de 'Francesa'. Creio que isto está tornando-se um apelido.

Há também por aqui gírias que eu desconhecia, e que devo ir aprendendo aos poucos, e palavras que me soam agora muito exóticas. Por exemplo, já havia até me esquecido que marijuana aqui tem o estranhíssimo nome de 'maconha'; e achei engraçado chamarem o cigarro de 'baseado'."

Continuei folheando, e lendo algumas páginas. Além de destacar-se como brilhante aluna, Nastássia era prestigiada por sua fluência em francês:

"Dei hoje a primeira aula particular de francês à Regina, que, além de professora, também é poeta, com três livros de poemas publicados.

Foi muito bacana! Minhas colegas morreram de inveja.

A aula foi em sua própria casa. Regina quer ler Rimbaud e Baudelaire no original. Seu conhecimento de francês ainda é precário, no entanto, prestou uma atenção tão fervorosa às aulas, que deve melhorar rapidamente.

Ao final, mostrou-me fotos de uma viagem que fizera a Paris, há dez anos. Mostrou-me também os livros que comprara por lá, e que sempre pretendera ler; propus lermos juntas um poema de Rimbaud, ela adorou a ideia."

Finalmente, notícias de Silvia:

"Reencontrei hoje uma amiga de infância, a Silvia.

Eu estava em um barzinho próximo à faculdade, e ela veio até minha mesa. Reconheci-a imediatamente. Devido talvez a uma ou duas cervejas que eu já havia bebido, abracei-a fortemente, numa demonstração de afetividade talvez um pouco exagerada.

Mas creio que ela gostou, porque se sentou para conversar. Falava pouco, parecendo estudar-me. Mas aos poucos, depois de alguns copos de cerveja, foi se abrindo também.

Silvia está estudando Odontologia. Quer rever meus pais, disse que gostava muito deles, nos tempos de criança em que frequentava minha casa. Como eu, está sem namorado. Disse que se eu quisesse, qualquer dia desses sairíamos juntas para 'balada', mas em uma cidade vizinha que ela conhece, porque segundo ela, 'aqui só tem mulher, por isso os rapazes daqui não prestam'. Achei graça; marcamos para o próximo final de semana."

Senti o ciúme queimar-me as têmporas. Mas também, quem manda ficar lendo diários de mulher? E nada de endereço ou telefone, nada.

Numa tarde triste de um domingo nublado — uma massa compacta de nuvens cobria o céu, sem que se resolvesse a chover — Silvia fez-me finalmente uma segunda visita.

— E o café, hoje não tem?
— Sim, vou fazer.
— Estou precisando do seu café. Dormi pouco esta noite.

Olhou-me curiosa:
— E você, não saiu ontem à noite?
— Sair pra onde?
— Pra balada.

— Não. Nesta cidade existe isso?

No rosto de Silvia insinuou-se uma expressão marota. Em seguida, ficou séria:

— Sabe, Gabriel, eu gostaria de ser assim como você.

— Assim como?

— Assim certinho. Ontem, eu deveria ter vindo para cá, com uma garrafa de vinho para a gente beber sossegado. Você gosta de vinho?

Aquela súbita demonstração de intimidade deliciou-me profundamente.

— Não tenho o costume de beber, mas posso tomar uma taça, para te acompanhar.

— Olha só, estou te levando para o mau caminho, hein?

— Não, imagina...

— E hoje à tarde, você vai estudar?

— Eu ia, tenho prova na terça. Por quê?

— Deixa pra lá.

— Por quê?

— Eu ia te convidar pra dar uma volta.

— Pois vamos, eu já adiantei a matéria.

— Não, você vai tirar nota baixa por minha causa.

— Não, já estudei quase tudo.

Naquele domingo, pela primeira vez olhei a cidade de dentro de um carro.

Silvia dirigia devagar, à maneira de quem não está com pressa para nada. Suavemente, como em sonho, eu via passarem os quarteirões que eu palmilhava diariamente a pé.

Fomos ao Bosque Municipal, onde nos demoramos pouco — os borrachudos atacaram sem trégua as canelas nuas de Silvia —, fomos ao mirante das antenas, de onde se vê a cidade, depois ao shopping, e por fim à casa dos pais de Silvia, onde minha alma curtida pela solidão respirou por momentos o ar salubre de um ambiente familiar.

Através de Silvia, a cidade abrandava enfim o tratamento frio e indiferente que até então havia me reservado. Conheci pessoas de minha idade, conversei, troquei ideias; queriam saber de onde eu vinha, o que eu fazia e — coisa inesperada — naquelas almas jovens e sedentas de liberdade, o fato de eu viver absolutamente sozinho foi motivo de inveja.

Uma noite, Silvia resolveu executar seu plano de vir aqui para o sobrado com uma garrafa de vinho. Foi nossa primeira noite de amor.

Seguiram-se tempos venturosos. Inexperiente no amor, um pressentimento me sussurrava ao coração que aqueles eram os momentos mais felizes que um homem pode viver nesse mundo e que, mesmo que me estivesse reservado conhecer mil mulheres ao longo da vida, as sensações então experimentadas não mais se repetiriam.

Silvia parecia gostar muito de mim. E parecia muito mais experimentada que eu. Seu jeito despachado, seu domínio da situação não me deixavam nenhuma dúvida. No entanto, o receio de estragar a magia daqueles momentos continha minha curiosidade, e eu me abstinha de perguntas sobre casos passados.

Silvia valorizava muito meu estilo disciplinado, e parecia ver em mim muitas virtudes que considerava raras. De fato, eu havia sido rigidamente educado com mão de ferro por meu pai, num ambiente doméstico em que o dinheiro era escasso e não me permitia extravagâncias. E para completar, estudara uns tempos no colégio militar. Silvia dava mostras de que isso tudo me diferenciava muito dos rapazes de seu meio.

E por sua vez, o temperamento de Silvia — com sua alegria natural, sua propensão às coisas prazerosas da vida —, funcionava como um contraponto a meu excesso de disciplina, um antídoto sempre pronto a desmanchar num sorriso a sisudez de meu rosto.

Quando meu mundo interior já estava definitivamente mudando de ares, acompanhando a transformação que se dava na própria atmosfera do sobrado — Silvia adorava flores e espalhava-as em vasos por toda a casa —, uma carta enfiada por debaixo da porta da sala veio reverter tal tendência.

A carta era assim:

"*Prezado vizinho Gabriel,*

Em primeiro lugar, apesar de não nos conhecermos, tomo a liberdade de chamá-lo pelo nome porque você já é conhecido de toda a vizinhança. Afinal, já se vão seis meses desde sua mudança para cá.

Em segundo lugar, tomei a decisão ousada de entrar em contato com uma pessoa que nem me conhece, por uma questão de zelo pela memória de sua prima Nastássia.

A novidade de sua mudança para cá espalhou-se rapidamente entre as casas vizinhas que tinham amizade com a família da Dona Cecile. Talvez você não saiba, mas você é conhecido e até estimado por aqui. Todos acham você muito parecido com Nastássia.

Gabriel, escrevo para lhe informar o seguinte: há coisas de que você precisa tomar conhecimento, sobre a pessoa com quem você está se envolvendo.

Eu e sua prima fomos muito amigas. Apesar disso, nunca consegui criar amizade com essa pessoa, que sua prima muito considerava e que hoje parece ser sua amiga íntima ou namorada. Talvez habitasse em mim um instinto de preservação contra a falsidade.

Gabriel, sua prima foi golpeada covardemente pelas costas pela pessoa que ela considerava talvez como a melhor amiga.

Vejo hoje esta mesma pessoa frequentando — quase como dona — a casa onde viveu a família que ela ajudou a arruinar, e a indignação me invade.

Gabriel, esta é uma história muito suja que poucos conhecem. Você é inocente, e não sabe de nada. Mas a inocência desinformada leva ao mal, por isso me dirigi a você.

Se você não quiser dar crédito a minhas palavras, não haverá insistência alguma de minha parte. Mas se você quiser saber mais, pendure a uma das sacadas da frente qualquer tecido branco, que seja visível da rua, e entrarei novamente em contato. O branco simboliza o descanso e a paz, a paz para os mortos. Este será nosso código.

Atenciosamente,
Joana."

Pendurei uma toalha branca na sacada, e a resposta veio já no dia seguinte:

"Prezado Gabriel,

Gostaria de expressar minha satisfação por você haver dado crédito a minhas palavras, e por haver demonstrado consideração pela memória de sua prima.

O que tenho para lhe contar deve ser dito pessoalmente. Se quiser me encontrar, estarei no Recanto do Café, às 19h. Estarei sozinha, com uma camiseta branca. Sobre as costas da cadeira à minha frente, pendurarei minha jaqueta.

Esperarei até 19h30. Depois disso, caso você não apareça, irei embora.

Abraço,
Joana."

Fui ao Recanto do Café, no horário marcado. Esperava-me uma jovem de cabelos escuros e lisos, pele castanha, com aparência saudável. Trajava-se com extrema discrição: de seu corpo, só se viam o rosto e as mãos. Parecia uma pessoa muito religiosa. Um pequeno crucifixo pendurado a seu pescoço, sobre o tecido da camisa, talvez fosse a causa — ou a confirmação — de tal primeira impressão.

Cumprimentamo-nos, com um aperto de mãos, e eu me sentei.

Em seu rosto, de olhar franco, sem maquiagem, pairava uma expressão caridosa de freira.

— O que você tem pra me contar?

— Seis meses antes de morrer, a Nastássia tinha arranjado um namorado, o Eduardo...

— Sei...

— Uma noite, ela flagrou o Eduardo e a Silvia saindo de um motel... Desabafou comigo, estava desesperada...

"Sua prima se trancou então no quarto, não queria falar com mais ninguém... Uma semana depois, estava morta, depois de tomar os mais de cinquenta comprimidos..."

Com a cabeça revoluteando, saí às pressas do café.

Nas ruas, fazia um tempo abafado, e o suor me encharcava as roupas; meus passos vacilavam.

Entrei no sobrado, peguei os diários de minha prima.

Fui direto à última página escrita. Em caligrafia tortuosa, diferente da habitual, Nastássia traçou assim suas últimas linhas:

"Escrevo hoje sob o efeito de forte emoção. Precisei tomar um calmante.
Tenho esperança de que ao colocar os fatos no papel, eu consiga assimilar melhor o impacto deste infortúnio que hoje me acometeu.
Passando pela estrada de T..., no trecho onde proliferam os motéis, vi o Edu saindo de um deles. Estava com Silvia.
Tenho lutado bravamente contra o mal que me assola, e que me ataca covardemente sem razão nenhuma. Agora, vítima desta dupla traição, com motivos de sobra para chorar, conseguirei porventura reerguer-me uma vez mais?"

Quando mostrei a Silvia o que havia lido no diário — para preservar Joana, nada falei sobre nossa conversa no café —, fui surpreendido por um choro cortante, doloroso, abundante em soluços, um choro que parecia vir das profundezas da alma.
Contou então sua versão da história:
— Um dia, eu saí para uma caminhada, um exercício para entrar em forma... Na época, eu queria muito emagrecer, por isso caminhei rápido... Quando vi, havia me afastado muito, e entrou a noite... Eu estava em uma estrada erma na periferia, a estrada dos motéis, onde há prostitutas na beira da pista...
"Comecei a ficar com medo, e passei a caminhar cada vez mais rápido, na ânsia de sair logo daquela região... Foi quando alguém passou por mim de carro, e me reconheceu...

Era o Edu, namorado da Nastássia, que retornava do trabalho em uma cidade vizinha...

"Ele jogou o carro para o acostamento e parou para falar comigo... Nesse ponto, estávamos justamente em frente à saída de um dos motéis...

"Entrei no carro, e o Edu ficou aguardando uma brecha no trânsito para entrar na estrada... Foi quando Nastássia passou por nós de carro, e reconheceu o carro do Edu... Não tive culpa de nada... Eu gostava muito de sua prima..."

Nesse ponto da narrativa, o choro de Silvia tornou-se mais forte e desesperado.

A possibilidade — ainda que incerta — de minha amada haver se entregado a outro, em condições tão mesquinhas e vulgares, perturbara-me terrivelmente. Fustigado terrivelmente pela decepção e pelo ciúme, com a vista enevoada de emoção, naquele momento não tive piedade das lágrimas de Silvia.

Aos berros, pedi para que deixasse a casa. Ela retirou-se lentamente, cabisbaixa, com expressão devastada.

Duas semanas após o dia desse triste rompimento, para minha sorte, o semestre letivo havia chegado ao fim, e eu retornei à casa de minha mãe em minha terra natal, onde passaria as férias.

Eu era então uma ruína humana.

Atormentado pelo sofrimento, eu definhara visivelmente, fato notado de imediato por minha mãe, e todos notaram em mim um silêncio mais profundo que o habitual.

Numa tarde, sentindo-me incapaz de suportar em silêncio, desabafei penosamente com minha mãe.

Ela ouviu-me, com expressão extremamente mortificada. Ao fim, pareceu perturbada e confusa, incapaz de fornecer de pronto o conselho que eu buscava. Com certeza sofria por meu infortúnio, e também pela lembrança da morte de Nastássia.

Sem muita convicção, acabou por dizer que o mundo é farto de moças que procuram namorado, e que eu não devia sofrer tanto assim por uma garota. Provavelmente resolvera falar qualquer coisa que me pudesse consolar.

Mas os dias se passavam e meu abatimento persistia, e ela compreendeu tudo enfim: irremediavelmente, eu estava amando, e para as mulheres o amor, ainda que problemático, é um sentimento sagrado.

Chamou-me para conversar:

— Meu filho, tenho refletido bastante esses dias... Você ama essa moça e deve ouvir o que diz seu coração... O que ficou para trás, é passado... E entre as mulheres existe muita fofoca e intriga... Dê uma segunda chance a ela, assim você vai ver se ela te ama também...

Terminadas as férias, retornei ao sobrado e telefonei para Silvia.

— Alô.

— Oi...

— Gabriel?

— Sim, sou eu. Dê uma passada aqui em casa, se não estiver com muita raiva de mim.

Também Silvia emagrecera visivelmente, e havia em seu rosto inegáveis marcas de sofrimento recente. A contemplação de seu abatimento dissipou as dúvidas e estabeleceu em mim a firme confiança do amor correspondido. As mães têm sempre razão, e naquele mesmo dia reatamos o namoro.

Quando as coisas pareciam haver novamente entrado nos eixos, fui novamente perturbado pela intervenção de Joana, de uma forma muito diferente da primeira vez.

Numa tarde de sol, eu descansava distraidamente no pequeno quintal dos fundos do sobrado. Com o espírito em paz, eu refazia minhas forças num breve momento de ócio, com os pés na terra morna de sol, descascando e saboreando tangerinas, observando os pássaros urbanos que faziam parada nos galhos das árvores.

Saboreando o momento de paz, eu refletia... Refletia em como as coisas caminhavam bem para mim... Recentemente, havia começado a dar aulas particulares para alguns alunos, tinha meu dinheirinho... Na faculdade, eu avançava celeremente, em breve estaria formado e iria trabalhar, com a graça de Deus. Tinha uma namorada bonita e que gostava de mim...

Ainda absorto nestas reflexões, com a alma leve, tive por um momento a curiosidade de espiar o quintal vizinho, aos fundos... Pus-me na ponta dos pés, olhei por sobre o muro... No meio de um pequeno gramado, deitada sobre uma canga branca, vi Joana tomando sol de bruços...

Foi uma visão desconcertante.

Ali, com o sol e os pássaros de testemunhas, substituindo as roupas discretas de moça religiosa, tomava lugar o mais ousado biquíni de todo o território nacional...

Durante as três semanas que se seguiram, sempre no mesmo horário, espiei Joana sobre o muro...

Para maior conforto, passei a subir num caixote de madeira.

Um dia, rachou uma tábua: Joana voltou-se subitamente, e seu olhar encontrou o meu...

Receoso das consequências da descoberta de meu voyeurismo, nos dias que se seguiram evitei pisar no quintal.

Numa noite quente de março, eu estudava solitário no solar. A campainha soou...

Olhei pelo olho mágico, vi uma silhueta de mulher. Na penumbra da noite, pensei que fosse Silvia...

Abri a porta: era Joana. Mas não a Joana com quem eu havia conversado no Recanto do Café, trajando roupas de beata, mas sim a Joana que eu havia espiado no fundo do quintal.

Estava vestida provocantemente... Sua pele morena desprendia um embriagante perfume...

Pediu para entrar, sentou-se, cruzou as pernas...

Seguiu-se uma noite de amor delirante, ali mesmo na sala de estar.

A luz da lua atravessava a janela, e a tez dourada de Joana fosforescia, qual uma aparição...

Aquele exercício insano de prazer e luxúria exauriu-nos as forças. Então, adormecemos...

Despertei com um ranger de porta, depois o acender das luzes. Ergui-me sobressaltado.

Além de mim, somente uma pessoa tinha posse das chaves. Com a visão turva de quem desperta e estranha a claridade, distingui a silhueta de Silvia...

Depois desta noite, dei por perdido meu namoro, e nem procurei mais Silvia.
    Dois dias depois, porém, seu pai veio procurar-me no sobrado. Estava transtornado:
    — Gabriel, venha comigo ao hospital. Silvia tentou o suicídio.

O que se seguiu foi um passeio pelo inferno.
    Às portas da morte, Silvia agonizava, e no delírio do coma, dizia meu nome... Sua voz se enfraquecia, mais e mais...
    Incapaz de suportar tal tortura eu me retirava do quarto. Caminhava pelo corredor do hospital, num vaivém desolado...
    De um grupo de amigas da mãe de Silvia, sentadas juntas em um banco, ouvi um murmúrio: "A casa é amaldiçoada..."

Hoje, Silvia é mais um triste retrato na sala de estar.

Esta é minha história.
    Fixei residência no sobrado. Que outra moradia poderia mais perfeitamente combinar comigo? Como um espectro, vagueio entre fotografias de pessoas que já se foram.

Quanto a Joana, no dia seguinte à noite em que me visitara, a casa vizinha onde ela morava já tinha o aspecto de lugar abandonado. Segundo vizinhos, mudara-se com a família para uma cidade distante. Desapareceu depois de cumprir sua missão, qual uma enviada de Satanás.

Não me crês, prezado leitor? Por vezes, eu também já duvidei dessa história que meus próprios sentidos testemunharam. Até que, numa tarde, algum tempo após a morte de Silvia, sucumbi à curiosidade de mais uma vez olhar sobre o muro: numa pequena parte do quintal em abandono, vi que a grama estava ainda pisada e falha...

Denunciava a mulher que por seguidos dias a amassara...

O alfaiate

I

Numa certa manhã, ao olhar no calendário a data do dia, o velho alfaiate do bairro da Cruz Alta — homem solitário e taciturno — deu-se conta de que dez anos já se haviam passado desde o dia em que quitara a última prestação do financiamento da casa em que morava. Pensou então nos muitos infelizes que viviam sob o jugo de um contrato de aluguel, e relembrando também o tempo em que ele próprio fora um inquilino — tendo que dedicar uma semana de cada mês a ganhar dinheiro para pagar ao proprietário do derruído imóvel onde vivera — julgou que a data trazia em si motivo para comemoração e que, de alguma forma, era justo alegrar-se com o aniversário da realização de um sonho.

Tratou então de injetar no dia uma exaltação artificial e induzida. Depois do café da manhã, foi à loja de discos de segunda mão, comprou um que há muito tempo o tentava — coisa preciosa segundo o dono do estabelecimento — e trabalhou a manhã toda ao som de antigos boleros que lhe lembravam os tempos da mocidade; almoçou no restaurante do Português, deliciando-se com uma bacalhoada, saborosa e cara; tomou depois dois cafés de máquina, fumando; voltou para a máquina de costura, e trabalhou até às quatro, encerrando mais cedo o expediente.

E como não poderia faltar, foi beber cerveja e bater papo com os conhecidos do bairro, no Bar do Moacir.

Até ali, o dia havia beirado a perfeição, dentro do possível; mas o Destino colocou no caminho do alfaiate o Diogo da Carreta, homem despeitado e venenoso, que se aprazia em estragar o prazer dos outros.

Ao comentar, discretamente, frente aos amigos, por que motivo havia tomado a decisão de comemorar, o alfaiate ouviu como resposta da parte de Diogo:

— Mas você comprou um casarão daquele tamanho, construiu depois até um quartinho nos fundos, e acabou não arranjando mulher nenhuma que encarasse morar lá com você...

O comentário, dito à guisa de trocadilho inofensivo, atingiu o alfaiate como um bofetão inesperado. Na roda de conhecidos, alguns riram, outros ficaram sérios. O alfaiate ouviu, tentou disfarçar o embaraço que havia lhe causado essa revelação de uma triste realidade, terminou a cerveja, despediu-se e foi embora.

Mas não foi para casa, foi para outro bar, em outro bairro, pois sentia necessidade de afogar em álcool a humilhação, longe dos conhecidos; tomou ainda algumas cervejas, compensando o desgosto com o prazer da bebida e do cigarro, até sentir a consciência enevoada. Depois foi dormir.

No dia seguinte, o alfaiate — mais precisamente, Osvaldo Alfaiate, como era conhecido no bairro —, acordou mais tarde do que devia.

Com expressão sombria e carrancuda, foi consultar na pequena caderneta de anotações quais eram as encomendas mais urgentes para o dia, e viu que tinha pouco tempo a perder. Preparou um rápido café, com pó solúvel, acendeu o primeiro cigarro e começou a trabalhar.

A casa de Osvaldo tinha estilo antigo, com janelas que davam diretamente para a calçada. O ateliê de costura situava-se no primeiro cômodo, quem passava pela calçada via sempre a confusão de tecidos empilhados e roupas penduradas em cabides enganchados em longos pregos nas paredes, e um senhor magro, de óculos e cabelos grisalhos escorridos, sentado à máquina de costura. Impressionava no ambiente a falta de espaço, a aparente desorganização e a névoa formada pela fumaça dos cigarros, que transmitia uma desagradável impressão de sufocamento.

Entulhado o primeiro cômodo com as coisas para costura, que Osvaldo preferia ter sempre à mão, pouco restava para o resto da casa, que era de dois dormitórios, projetada para ser residência de família com filhos. Nos fundos, depois de um trecho a céu aberto de um quintal cimentado e nu, havia ainda a edícula — uma sala com sofá e televisão e uma suíte, onde Osvaldo dormia distante dos ruídos da rua.

Havia ali muito espaço para pouca gente, e essa conclusão revoluteava no pensamento de Osvaldo naquele dia. De fato, de que lhe servia um casarão daqueles? Pois não dormia nos fundos, sendo que mesmo lá ainda sobrava espaço? Poderia levar o ateliê para os fundos, e alugar a casa da frente... Com a receita adicional proveniente do aluguel da casa, poderia trabalhar menos. Ultimamente, a propósito, vinha sentindo o peso da idade e já não enfrentava o trabalho com o mesmo ímpeto e o mesmo vigor que, ao longo dos anos, construíram sua reputação de profissional talentoso e, sobretudo, ágil no cumprimento de prazos apertados.

Osvaldo refletia e ia abraçando a resolução, de maneira cada vez mais irreversível. E como costuma acontecer nesses momentos de guinadas drásticas, fantasiava que aquela não seria uma simples mudança física, mas implicaria uma reformulação profunda e completa do próprio modo de encarar a vida. De que lhe valera ter se preocupado tanto em poupar o dinheiro e comprar a casa? Por que não se preocupara em arranjar uma mulher com quem dividir os dias? Sua estupidez e falta de visão fizeram com que um sonho realizado resultasse incompleto e irônico, como uma preciosidade inútil, um elefante branco.

Na mocidade, frequentara bailes, é verdade. Uma vez, enamorou-se de uma moça, uma filha de italianos, pobre e trabalhadeira, como lhe convinha. Lembrava-se bem, era tão bonita, de pele alva, seios fartos... Naquela época, ele próprio também era um belo rapaz, esbelto, de cabelos pretíssimos, caprichoso no vestir — fazia as próprias roupas, em esmerados modelos exclusivos, que não aceitava reproduzir para os amigos —, e devia ter parecido muito fino e chique para a moça oriunda do campo, recém-chegada na cidade.

Mas ela teve que se mudar com a família, para muito longe, e Osvaldo agora concluía tristemente que havia perdido a vez. Quando ela se fora, trocaram correspondência por um curto tempo, e ele não se lembrava por que haviam parado de se comunicar. Mas hoje, curtido pela vida, sabia que ela com certeza devia ter se arranjado com outro, mais próximo que ele, a quem coube somente ficar suspirando em cima de sua foto, por um longo tempo.

Por que não procurara por outra ele também? Lembrava-se de como os amigos eram muito mais ousados e sem-cerimônias que ele; agora estava velho, e não havia mais como remediar a situação. Restava-lhe agora planejar a seguinte mudança em sua filosofia de vida: cultivaria o absoluto desapego ao mundo material, ao dinheiro; dedicaria o que ainda lhe sobrava da vida ao trabalho, enfurnado no ateliê na casinha dos fundos; separaria algum tempo e dinheiro para iniciativas filantrópicas da paróquia; e de vez em quando, para desanuviar o pensamento, permitir-se-ia uma distração — para isso é que servia o dinheiro —, uma cervejinha sem exageros. Assim transcorreriam seus dias, em paz e quietude, como cabia à sua idade, até que a morte resolvesse aparecer no ateliê — o último cliente! —, para encomendar uma túnica nova.

Cinco dias depois de colocado o anúncio de "Aluga-se", Osvaldo foi procurado no ateliê por duas mulheres. Eram mãe e filha.

Depois de mostrar-lhes a casa, Osvaldo levou-as para os fundos, e preparou um café. As mulheres sentaram-se lado a lado no sofá, e Osvaldo acomodou-se numa cadeira, de frente para as duas.

Vânia, a mãe, era uma senhora um pouco gorda, tinha cabelos pintados de preto, usava grandes brincos de argola, e tinha muitas pulseiras nos braços. Tinha voz mansa, e mantinha no rosto uma constante expressão de sofrimento calmo e resignado.

Marta, a filha, aparentava uns vinte e cinco anos de idade; tinha pele clara e cabelos pretíssimos, longos e lisos. No jeito de falar, tinha uma amabilidade enfática e convincente, que aplicava à plena carga na conversa com Osvaldo. Bonita e simpática, bem-vestida com roupas provocantes, saturava de perfume e presença marcadamente feminina o ambiente em que se encontravam. Dava a impressão de ter sempre esse poder, em qualquer ocasião, enquadrando-se naquele tipo de mulher que desperta sempre uma reação onde quer que apareça: reação de cobiça, da parte dos homens, e de hostilidade, da parte das outras mulheres.

A certa altura da conversa, Vânia abriu a bolsa, contou algumas notas, entregou a Osvaldo: era o primeiro mês de aluguel, pago adiantado. Osvaldo pegou as notas, e uma leve preocupação com os pagamentos futuros passou-lhe pelo pensamento; perguntou timidamente sobre as fontes de renda das inquilinas.

Vânia era aposentada; Marta havia trabalhado no comércio varejista, mas resolvera mudar de cidade em busca de uma melhor vaga. Já tinha alguma coisa em vista, e logo após o término da mudança, iria procurar emprego.

A mudança ocorreria já no dia seguinte; as mulheres foram embora, e Osvaldo começou a providenciar a transferência do ateliê para os fundos.

Na primeira manhã depois de acomodadas as inquilinas, Osvaldo sentiu uma dificuldade inédita para se concentrar em seus afazeres. Em vista da agitação em que se encontrava, decidiu começar pelas encomendas mais rápidas e fáceis, invertendo o procedimento que até então havia seguido por toda a sua vida profissional. Mas já na primeira fez malfeito — errou numa simples barra de calça, que ficou com uma diferença de uns três centímetros entre uma perna e outra.

Resolveu sair para um café na rua. Passando pelo estreito corredor entre a parede lateral da casa e o muro, cumprimentou Vânia, que remexia nos armários da cozinha. Na volta, cerca de dez da manhã, estacou em frente à única janela que continuava cerrada, a do quarto de Marta. Sorrateiramente, com o coração aos pulos, aproximou o ouvido da chapa de aço que irradiava o calor do sol da manhã, e sondou o interior do aposento — conseguiu distinguir o suave ronco de um ventilador ligado, e nada mais.

Naquele dia, não preparou o próprio almoço, como quase sempre havia feito até então — precisava de todos os pretextos para sair à rua, passando pelo corredor na tentativa de rever Marta. Almoçou sem apetite, num pequeno restaurante do bairro, e tencionava voltar logo, na esperança de ver as inquilinas almoçando através da janela da cozinha. Mas encontrou um conhecido e teve que se atrasar em quinze minutos, numa interminável conversa sobre futebol; quando enfim conseguiu retornar à casa, Vânia estava já a lavar os pratos, e as evidências indicavam que Marta havia saído.

Osvaldo voltou ao trabalho, com os ouvidos atentos, sondando. Às quatro, ouviu o portão se abrindo e foi verificar quem era — um cliente! Valdir Jardineiro, com meia dúzia de camisas quase podres, faltando botões, com rasgões dos espinhos das roseiras. Demorou-se um pouco, fez observações favoráveis e aprovadoras sobre a mudança de Osvaldo: que, hoje em dia, o dinheiro está muito difícil; que essa mania de viver em casas grandes, com desperdício de espaço, estava com os dias contados devido ao crescimento populacional; que a tendência no país e no mundo era de seguir o exemplo do Japão, onde a casa de Osvaldo abrigaria dez famílias; que, graças a Deus, ele próprio estava quase se aposentando e não teria tempo de perder o emprego, com o inevitável e iminente processo de extinção dos jardins, que já começava a dar as caras com a preferência do povo por apartamentos em detrimento das casas; e etc. etc.

O dia foi passando muito lentamente. Veio a penumbra do crepúsculo, penetrando o ateliê, veio a noite, veio até a hora de Osvaldo ir dormir, sem sinal de Marta.

Por uma incompatibilidade de horários de atividade e descanso — o alfaiate ia dormir sempre antes das vinte e três, Marta não acordava antes das onze, e uma vez desperta, não parava em casa mais que meia hora — uns dez dias se passaram sem que Osvaldo conseguisse rever a jovem inquilina. Uma noite, resolveu esperar pelo retorno de Marta, até a hora que fosse preciso.

Foi para o Bar do Homero, que funcionava até às quatro da manhã, servindo lanches para os trabalhadores e vagabundos da noite; tal estabelecimento ficava na mesma rua da casa de Osvaldo, no mesmo quarteirão. Osvaldo acomodou-se em uma mesa na calçada, que dava vista para o portão da casa, e pôs-se a beber cerveja, inquieto.

Às duas da manhã, Marta retornou. Enquanto Osvaldo fitava obstinadamente a entrada da casa, já um pouco cansado, Marta passou caminhando rapidamente, bem em frente a sua mesa, e num rompante de coragem ele chamou-a pelo nome.

Surpreendida, Marta estacou, com o olhar errante pelas mesas ocupadas, de início sem identificar Osvaldo, que levantou o braço para facilitar sua localização. Ela se aproximou da mesa, sorrindo.

— É você? Desculpa, não tinha reconhecido... Não esperava te ver aqui, a essa hora...

— Quer tomar um copo?

Marta aceitou, sem hesitação, surpreendendo completamente a expectativa de Osvaldo. Puxou uma cadeira, sentou-se, e parecia absolutamente à vontade com as circunstâncias — com a companhia de Osvaldo, com o ambiente masculino do bar, com a altura da madrugada, com tudo — sua própria figura parecia misteriosamente harmonizar-se com perfeição ao quadro daquele bar, um reduto sujo de extraviados da noite.

Marta conversava pouco, mas também não parecia nem um pouco incomodada com a falta de assunto entre os dois — era como se a cerveja lhe bastasse.

— E então, já conseguiu serviço?

Marta fitou-o com certo descontentamento no olhar, como se ele tivesse traído sua confiança com a pergunta.

— Consegui...

— Onde?

— No centro, de garçonete.

— Onde?

— Não é um lugar muito conhecido... Acho que você não conhece.

Em vista da visível contrariedade de Marta em abordar tal tema, Osvaldo silenciou, e às três e meia, sentindo a embriaguez queimar-lhe as têmporas, perguntou a ela se podiam pedir a conta.

— Se você quiser...

Na entrada da casa, Marta tomou a iniciativa de despedir-se com beijinhos no rosto, um costume moderno demais, com o qual Osvaldo não estava acostumado.

Daquela noite em diante, o amor, depois de décadas de ausência, retornou ao coração de Osvaldo.

Doce embriaguez... E como tinha sido insossa a vida sem o amor...

A companhia de Marta no Bar do Homero, somada à forma com que ela havia se despedido dele — Osvaldo chegara a sentir a maciez da pele de seu rosto, e a lembrança dessa sensação causava-lhe um entorpecimento prazeroso — dava-lhe uma forte esperança, quase uma certeza, de que seus afetos eram correspondidos.

Passou então a lembrar-se da italianinha dos tempos de mocidade, e era como se ela houvesse retornado à sua vida, só que em nova versão, remoçada.

Osvaldo tinha experiência quase nula com as mulheres e desconhecia artimanhas de sedução. Ou melhor, mais precisamente, tinha lá sua estratégia de conquista, ainda que de eficiência duvidosa. Essa estratégia consistia em escancarar deliberadamente os sentimentos; rasgaria o peito e mostraria o coração descarnado e pulsante, se possível fosse; assim julgava honrar e agradar à amada.

E foi assim que, ao despertar um dia no horário habitual, abrindo a janela, Marta deparou-se com um pequeno ramalhete de rosas, acompanhado de um singelo bilhete, escrito numa caligrafia tortuosa: *Essas rosas são para alguém muito especial. De alguém que te adora.*

Marta sorriu, e foi procurar pela casa um recipiente qualquer com água, onde pudesse enfiar as rosas; mostrou-as à mãe, que recebeu a notícia com sua imutável expressão de sofrimento resignado.

— Mãe, quem será meu admirador secreto? — e rodopiou sobre os pés, num movimento gracioso de bailarina, deixando-se depois cair deitada sobre o sofá.

Sabia quem era o autor da homenagem. E sentia uma ternura que — ainda que passageira e fugaz, como costumavam ser seus estados de alma — naquele momento, era intensa e sincera.

Os dias que se seguiram trouxeram à vida de Osvaldo cenas que, ocorrendo em sequência, pareciam disputar entre si o poder de causar constrangimento, descompasso cardíaco e desorientação mental.

A decisão de enviar as rosas com o bilhete não fora fácil, tendo sido precedida por longas horas de febris reflexões. Depois do ato consumado, tudo ficou ainda pior, e Osvaldo sentia-se fraco para enfrentar as imprevisíveis consequências. Mas, lançando uma vívida luz sobre o sombrio sentimento de insegurança, ardia a chama da expectativa.

Quanto a Marta, tratou de demonstrar logo, à sua maneira e para estupefação de Osvaldo, que havia apreciado a homenagem.

E foi assim que da vez seguinte em que passou em frente à janela de Marta — pela primeira vez, aberta aos raios de sol da manhã — Osvaldo vislumbrou, de relance, a amada em trajes de dormir, curtos e transparentes. Desconcertado, fez que não viu, e continuou seu caminho.

Mas foi chamado de volta à janela: Marta debruçava-se sobre o parapeito, fingindo com uma das mãos conter os seios, belíssimos, que pareciam querer rasgar-lhe o suave tecido da blusinha do baby-doll.

— Oi, você não me conhece mais não?

— Conheço, sim, é que passei com pressa...

— Ah bom... — Marta fitou Osvaldo de cima a baixo, com uma expressão brejeira no rosto, esperando que ele desse continuidade à conversa; mas o pobre homem embasbacado à sua frente estava mudo, de boca semiaberta, com os braços pendentes, como um morto-vivo.

Depois veio a cena do varal e do short em que faltava um botão.

Num começo de tarde de um dia quente, sem nuvens no céu, daqueles em que o trabalhador, com bagas de suor empapando-lhe na fronte, anseia por um belo copo de cerveja gelada, Osvaldo tentava às pressas terminar um terno para noivo.

Ouviu passos suaves, de chinelos, sobre o cimento ardente do quintal que separava a casa do ateliê. Marta estendia roupas no varal, com um short curto, justo, diabólico.

Osvaldo esticou o pescoço rumo à janela. Marta ficava na ponta dos pés para alcançar o arame, fazendo o short ficar ainda mais curto — aquela visão, em meio à claridade hostil refletida do piso cimentado, tirava a firmeza das ideias.

Mas não foi só isso. Marta veio ao ateliê, e parou encostada à porta.

— Que calor, não?

— É, está demais.

— Osvaldo, será que você não poderia costurar um botão num short meu?

— Claro, pode trazer aqui.

— Já está aqui. Posso tirar, você não repara? Estou de biquíni por baixo, vou tomar um solzinho. — Marta escorregou para fora do short, com requebros do quadril, e entregou-o às mãos trêmulas do alfaiate. — Não precisa pressa não, tá? Quando der você faz.

Depois, retornou para debaixo do sol, saindo do ângulo de visão de Osvaldo. E a tarde de Osvaldo foi assim: preso à máquina de costura, sem ousar sair ao quintal, separado da amada pela parede e pela timidez. De meia em meia hora, Marta se levantava da canga que havia estirado sobre o chão, enchia um balde de água no tanque, depois despejava-o de uma vez sobre a cabeça. A água incidia de uma vez sobre seu corpo e depois caía ruidosamente sobre o piso de cimento, como que associando-se ao escândalo.

Numa madrugada, depois de algumas cervejas no Bar do Homero, enquanto caminhavam de volta para casa, Marta perguntou a Osvaldo por que ele tinha tanta pressa de entrar.

— Vamos ficar aqui um pouco. — E encostou-se ao muro de uma casa, sob uma árvore, na escuridão, oferecendo-se ao primeiro beijo na boca que Osvaldo experimentou na vida.

II

Osvaldo e Marta começaram a namorar.

Já informamos alguns pontos principais sobre a vida pregressa de Osvaldo; chegou a vez de Marta.

A menina Marta vivia uma infância feliz até que uma noite — uma noite mágica e irreal, em que ela brincava despreocupada com o cachorro no ar tépido de um quintal a céu aberto — ouviu soluços dolorosos vindos do quarto dos pais.

Encontrou a mãe sentada à cama, com uma carta às mãos.

Era uma mensagem curta, numa caligrafia caprichosa, um texto de simplicidade ideal para uma criança recém-alfabetizada, mas que trazia um conteúdo terrível capaz de marcá-la para sempre:

"Querida Vânia e querida Martinha,

Esta carta é para que não fiquem preocupadas comigo. Nada aconteceu, mas a partir desta noite, não voltarei mais para casa.

Estou indo para longe. Sigam com suas vidas, sem esperar por mim.

Um dia a gente ainda se encontra nesse mundão de Deus, que dá voltas sem parar.

Um beijo,
Nelson."

Vânia desfazia-se em pranto. Dava a impressão de estar enfrentando um infortúnio já pressentido há tempos, uma fatalidade que por fim chegou. Marta sentiu seu pequenino coração estremecer, e abraçou-se à mãe.

Naquele dia, nascia a mulher que hoje se conhece por Marta. Dois fatores moldaram seu caráter: a carência da figura masculina do pai, que a levaria a sacrificar sua puberdade à luxúria dos homens; e a ausência de autoridade corretiva por parte da mãe, que, concentrada em sua própria dor, haveria de negligenciar a educação da filha.

Na escola, Marta sentiu-se deslocada: era desprezada pelas coleguinhas, e as desprezava também em troca. Mas nutria em relação aos meninos uma vívida curiosidade e uma irresistível atração, a ponto de desculpar-lhes a estupidez e a rudeza, próprias da idade.

Aos doze anos, à primeira brisa da puberdade, sentiu que seu corpo se transformava em algo inesperadamente poderoso. Foi notada por um professor, até então um profissional dedicado e um marido exemplar, colocadas aqui estas qualidades sem qualquer intenção de viés irônico. O homem sentiu o reluzir de alguma coisa forte, séria, com um misterioso poder sobre a cobiça masculina, como um mineral precioso: era a sina de Marta.

Envolveram-se. Ele, entregando-se ofegante à irresistível atração; ela, uma virgem rude, confiando-se à voz misteriosamente familiar de seu instinto de desgarrada. Mas o caso logo veio à tona, o professor foi demitido e Marta abandonou para sempre a escola.

Caiu então na vadiagem. Durante o dia, contrariada como se estivesse sob tortura, ajudava um pouco a mãe nas tarefas domésticas. Vinha a noite, e Marta saía pelas avenidas, na companhia de amigas de costumes semelhantes. Encostavam-se aos veículos estacionados, nas vias de maior movimento, de frente para os carros que passavam. De início, aceitava qualquer convite; depois, com o tempo, considerando que a oferta era grande e as oportunidades inumeráveis, passou a selecionar: carros mais caros, homens mais bonitos.

Veio a maioridade, e Marta resolveu mudar-se para a cidade grande mais próxima. Aprofundou a familiaridade com a vida marginal, mas os infortúnios a perseguiam: trabalhou em conluio com dois assaltantes, atraindo as vítimas, mas os colegas terminaram presos; viveu com um traficante, que lhe presenteava com muitas joias de ouro, mas que acabou morrendo baleado, com uma quantidade exagerada de tiros; depois passou uns tempos num bordel de clientela remediada, mas não se adaptou bem à rotina; por fim, tentou um emprego regular, de garçonete numa choperia, mas terminou sendo despedida.

Cansada, sentiu saudades da casa da mãe e voltou ao lar. Era já uma mulher feita, no auge da beleza, e manejava com muita destreza um tipo de amabilidade estudada, de aluguel. Tinha a boca carnuda e dentes perfeitos, e um sorriso de impacto infalível.

Dois meses depois, acompanhando a mãe na busca por um aluguel mais barato, Marta bateu à porta de Osvaldo.

Os dias de Osvaldo agora eram assim: despertava e imediatamente lembrava-se de Marta; espreguiçava-se na cama prazerosamente; começava a trabalhar cantarolando; às onze, preparava um café novo para Marta, e numa pequena garrafa térmica, levava-o até ela numa bandeja, com um pãozinho com requeijão ou com um pedaço de bolo com cobertura.

Muitas vezes, Marta ainda dormia. Recebia-o Vânia.

— Bom dia, Dona Vânia.

— Bom dia... Entre, sente-se um pouco... Me dê aqui essa bandeja.

Sentavam-se na cozinha da casa, conversavam amenidades. Vânia se levantava, ia até o quarto de Marta:

— Marta, minha filha, acorda, vem tomar seu café...

Silêncio. Cinco minutos depois, rangia a porta do quarto. Em seguida ouvia-se o fechar da porta do banheiro, num choque suavemente violento.

Mais uns dez minutos de espera, e Marta chegava à cozinha, sorrindo sempre. Aplicava dois beijos muito enfáticos, que estalavam — um no rosto da mãe e outro nos lábios de Osvaldo.

— Trouxe meu café, amor? — E começava a servir-se.

Osvaldo esfregava um lábio no outro, sentindo o gosto e o cheiro do batom que lhe ficavam depois do beijo. Para ele, aquele era o melhor momento da manhã.

Passados uns dois meses, numa manhã, Osvaldo recebeu a visita de Lucia, sua única irmã, sete anos mais nova.

Lucia tinha por Osvaldo uma forte estima. Sobrevindo-lhes precocemente na juventude o falecimento seguido de pai e mãe, haviam suportado juntos a situação. E para que a irmã pudesse frequentar o curso de Direito, Osvaldo trabalhara pesadamente, e por um bom tempo reservara a Lucia mais dinheiro do que a si próprio, sem nunca reclamar. Ela, por sua vez, através de dura disciplina, fez valer cada gota de suor do irmão.

A visita de Lucia calhara justamente no horário em que Osvaldo preparava o café da manhã de Marta. Como uma criança que teme revelar uma traquinagem, Osvaldo se afligia: não queria atrasar o café da amada, mas temia também a reação de Lucia.

Deram onze horas, e até então Lucia não havia percebido nada sobre o romance; Osvaldo começou a passar o café, que dizia ser para a visita. Lucia agradeceu, sorriu, apreciou a gentileza, ficou ainda mais à vontade. Tinha a agenda folgada no dia, e estava de bom humor. Refestelou-se na poltrona e cruzou as pernas, esperando o café.

Ficou pronto o café, Lucia bebeu uma xícara, bebeu mais outra, e nada de se despedir.

Nisso, Marta acordou, e estranhou a falta do café da manhã. Perguntou à mãe por Osvaldo, e veio em direção aos fundos.

Viu uma mulher sentada, estranhamente à vontade, conversando com Osvaldo. Não sabia quem era, mas por via das dúvidas, achou melhor defender o terreno, e foi logo aplicando o beijo habitualmente estalante nos lábios de Osvaldo.

Depois, sentou-se em seu colo.

— Amor, cadê meu café?

Lucia assistia à cena, com olhos que pareciam querer saltar-lhe do rosto. Levantou-se então, despediu-se do irmão e saiu à rua.

Numa noite de sábado, em que Osvaldo e Marta viam uma comédia romântica na TV — os dois quedavam lado a lado no sofá, de mãos dadas —, Marta julgou que a ocasião era oportuna para questionar o pagamento do aluguel, considerando-se as novas circunstâncias:

— Amor, você e eu, mais a mamãe, somos agora uma família, não somos? E você não vai querer cobrar aluguel de gente da sua própria família, vai?

Aboliu-se o pagamento do aluguel daquele mês em diante.

Rapidamente, pela lei do mais forte, Marta foi se transformando em senhora da casa, enquanto Osvaldo tornava-se cada vez mais um arrimo de família, papel assumido de forma definitiva da vez em que convidou Marta para almoçar nos fundos:

— A mamãe pode vir também?

Padronizou-se então o almoço a três.

Depois, qual uma madame entediada, Marta começou a tomar gosto em promover jantares para visitas. Tornaram-se quase rotineiros os churrascos na área cimentada entre a casa e a edícula. Nessas ocasiões, a cerveja era farta, havia música, e Marta escolhia a maior parte dos convidados. Formavam uma fauna variada.

Tinha o Giba, ex-presidiário, um mulato alto e seco, de dedos muito compridos e ossudos. Era um marginal consumado, e à época se dedicava às atividades do furto de veículos e assalto em lojas. À exceção de Marta, nenhum outro convidado sabia disso.

Havia também o Léo, um rapaz de família abastada, que cultivava amizade com Marta e Giba por puro desajuste e coleguismo entre apreciadores de cocaína. Sua origem rica, que o distinguia dos demais, manifestava-se em sua figura de forma indisfarçável: um rosto de traços bem desenhados, pronunciados e harmônicos, de jogador de polo, emoldurados por um cabelo farto, negro e macio, que se desdobrava na nuca em largas e elegantes voltas, sem traço de mestiçagem. Mesmo no estilo desleixado e irreverente com que se vestia, evidenciava-se a nobreza: costumava trajar camisas profusamente coloridas, mas de cores cuidadosamente misturadas e dosadas, como numa pintura artística, de bom gosto; e o tênis, sujo, gasto e sempre o mesmo, ainda assim evidenciava sua excelência, na marca e no modelo.

Léo fora criado ali no bairro mesmo, em uma casa imponente, talvez a maior e mais bonita da redondeza. Tinha amizade com muitos garotos pobres do bairro, desde os tempos da adolescência. Havia conhecido Giba no campão de futebol, improvisado num terreno baldio e com traves de bambu, onde só jogava a molecada humilde. Léo tinha o campo do clube para jogar, mas, numa tarde, retornando do curso de inglês, parou em frente ao campo da rua: desenrolava-se uma partida extremamente rixenta e encarniçada, com um time quase completo de fora esperando a saída do perdedor. Faltava um jogador e Léo se ofereceu para completar a equipe.

O time de fora aceitou, de má vontade, e com todos já predispostos à execração pública do menino rico de faces rosadas à primeira falha. Mas ocorria que Léo era um ótimo jogador, habilidoso e destemido, e daquela vez não houve oportunidade para a plebe descarregar seu ressentimento social — o riquinho impôs naturalmente sua autoridade técnica no time, reduzindo os demais à função de coadjuvantes: roubava bolas dos adversários, armava incisivos contra-ataques, marcava gols, estimulava os companheiros, voltava para ajudar na marcação, trombava, caía, esfolava sem dó a pele tenra de nobre contra a aspereza do campão poeirento.

Ficou respeitado e fez amigos, dentre eles Giba. Depois, com o passar do tempo, os participantes das peladas foram aos poucos se ausentando, a turma se desfez, e o próprio terreno do campão deu lugar à construção de um edifício. E depois de uns dez anos, Léo e Giba se reencontraram, com a cocaína substituindo o futebol na função de aglutinador social.

Participava também dos churrascos a Karina, uma antiga amiga de Marta, dos velhos tempos; tinha cabelos curtos, e vestia-se como um rapaz, em estilo praia — era homossexual, e tinha uma queda por Marta, uma fraqueza que não conseguia nunca debelar completamente, que ia e vinha, desaparecia e voltava, ao sabor de cada reencontro. Acontecia que a atenção submissa e devota que Karina dedicava a Marta havia lhe rendido o posto de única mulher em quem esta última confiava, além da mãe. Funcionária pública com um bom salário, Karina já havia feito de tudo por Marta: emprestara dinheiro que ainda não havia recebido de volta; fizera papel de motorista, em circunstâncias e horários absurdos, atendendo a solicitações de última hora; organizara e patrocinara festas de aniversário para a amada, em seu apartamento; e atualmente, era a fiadora do contrato de aluguel entre Osvaldo e Vânia.

Na verdade, Karina sofria por rebaixar-se daquela forma. Mas não resistia — e a cada vez que chegava ao churrasco, quando recebia um abraço da amada e sentia fios de seu cabelo perfumado fazerem-lhe cócegas no rosto, tinha uma sensação tão prazerosa e excitante que chegava a ponderar que a sujeição valia a pena.

Havia ainda a Ingrid, que há tempos fora colega de prostituição de Marta; era uma mulher fora de forma, mas que de pronto se via que tinha sido bonita e cobiçada tempos atrás. Tinha olhos grandes, espantados e era extremamente inquieta. Usava sempre saias minúsculas e sentava-se de forma displicente, sem a mínima preocupação em esconder a calcinha, isso mais por costume que por provocação.

Por ocasião dessas festas, era comum Marta receber, de algum dos convidados, uma trouxinha de cocaína, como presente. E na primeira vez que isso aconteceu, Osvaldo conviveu com uma Marta totalmente diferente do habitual, à qual já havia se acostumado.

Os sorrisos amáveis, antes generosos e abundantes, haviam desaparecido. Sentada à cadeira, de pernas cruzadas, encolhida, fumando muito, Marta parecia mergulhada em sóbrias reflexões, como se algum fato novo estivesse absorvendo todo o seu pensamento.

Estranhamente, nessas ocasiões mostrava-se muito arredia a qualquer tentativa de contato físico por parte de Osvaldo.

Muitas vezes, o churrasco terminava, os convidados se despediam, mas Marta não queria ir dormir. Pedia a Osvaldo que ficasse com ela, sentados sob o céu aberto do pequeno quintal. De início, Marta teve o pudor de ir servir-se do pó no banheiro da edícula, mas depois resolveu abrir o jogo:

— Osvaldo, vou te contar uma coisa, mas é segredo, tá?
— Pode falar...
— Você conhece isso aqui? — Osvaldo contemplou com curiosidade extrema a trouxinha de pó branco entre as unhas vermelhas de Marta.
— Isso é... cocaína?
— É. Estou cheirando um pouquinho de leve.
— E isso é bom mesmo?

— É uma delícia... Quer experimentar?

— Não sei...

— Cheire uma carreirinha só, não vai te fazer mal. — Marta se levantou, desatou o nó do saquinho plástico, despejou duas pequenas porções de pó sobre o assento da cadeira, aspirou uma delas, e passou o rolinho de papel para Osvaldo.

Osvaldo cheirou sua porção, depois outra, mais outra, e sentiu o efeito da droga: a embriaguez sumira...

III

— Amor, está na minha hora. Te vejo amanhã, dorme com Deus... E juízo, hein? Não vai trazer nenhuma sirigaita para cá, hein?

Osvaldo fez menção de que ia levantar-se do sofá, mas não houve tempo — Marta se inclinou, deu-lhe um rápido beijo, e saiu em direção à rua.

Eram umas dez horas da noite, de sexta-feira. Pela rua escura e modesta, de meio de bairro, passavam veículos esporádicos: ônibus dos subúrbios, já com poucos passageiros, sentados, com a cara cansada colada ao vidro da janela; carros rápidos, de motoristas já meio bêbados, egressos de happy hours nos barzinhos da cidade; carroças de catadores de papel, lentas, movidas à tração humana, num esforço resignado e obscuro. Com os saltos dos sapatos chocando-se contra o cimento das calçadas, num barulho alegre, anunciador de mulher bem-arrumada, Marta tomou o rumo do ponto de ônibus, três quarteirões abaixo, a partir da casa.

Era uma noite agradável, com uma brisa amena agitando suavemente a copa das árvores. Marta respirou fundo o ar da rua: há quarenta dias não saía de casa.

Na verdade, as atenções e a devoção de Osvaldo haviam pouco a pouco alterado sua rotina. Sossegara um pouco e suas misteriosas ausências noturnas, diárias no começo da história, foram rareando. Marta deixava-se ficar em casa, onde tinha cerveja sempre que quisesse, podia ver filmes — adorava comédias, e suas gargalhadas eram ouvidas nas casas vizinhas —, podia fazer o que bem entendesse.

Mas não é uma tarefa fácil abandonar antigos hábitos, e Marta sentiu saudades do centro boêmio da cidade. Com o braço, acenou para que o ônibus parasse, e equilibrando-se sobre os saltos, galgou os degraus do veículo.

Quinze minutos depois pediu para descer, e pisou prazerosamente as pedras do calçamento do Largo da... Acendeu um cigarro, e olhou ao redor, numa doce indecisão: para onde iria?

Foi caminhando sem rumo; passou pelo ponto dos taxistas, que conversavam fora dos carros estacionados, à espera de clientes.

— Mas se não é a Martinha... Ô Martinha, chega aqui, não conhece mais a gente não?

Marta se aproximou, sorridente:

— Oi, pessoal, como vão as coisas?

Cumprimentou com beijos no rosto os amigos, encostou-se a um dos carros.

— Mas você anda sumida, hein?

— É, dei uma sossegada... Mas sabe que eu acabei sentindo saudades daqui?

— É hoje que nós vamos dar aquela volta depois do meu expediente? Às cinco eu estou livre.

— Mas olha que cachorro... Paulão, vai cuidar da sua esposa, que está em casa... — Marta aplicou um tapa às costas do homem, que tentou escapulir-se, achando graça. — E você não fica com receio de ficar faltando com sua obrigação de marido, não?

— Mas eu não falto com minha obrigação, não...

E o taxista começou, ali na calçada, a contar sobre sua assiduidade para com a esposa, para quem ele não deixava faltar nada, nem comida, nem dinheiro, nem carinho — mas estava confidenciando aos ventos, porque Marta só fingia ouvir, com o olhar perdido, na direção da Choperia Casarão, para onde se encaminhou.

Sentou-se e pediu um chope. O garçom também havia sentido sua ausência:

— Um chopinho? Já trago... Mas você estava sumida...

Enquanto Marta experimentava o primeiro chope, seu amigo Léo, não muito longe dali, mais uma vez tomava a decisão de comprar cocaína sozinho.

Os amigos não quiseram acompanhá-lo. Isso vinha acontecendo com frequência cada vez maior: uns talvez por falta de dinheiro, outros talvez por um lampejo do instinto de autopreservação, preferiram ficar em casa.

O jeito era fazer as coisas sozinho mesmo. Mas havia uma dificuldade: há dois dias, a polícia havia agido no ponto de venda onde Léo era freguês, e o Oreia, seu fornecedor de longa data, havia sido morto numa troca de tiros.

Ambas as circunstâncias — a inesperada solidão na busca da droga mais a lembrança dessa morte recente — davam à sua perambulação pelas avenidas um acento sombrio. Até mesmo as canções de rock que ele ouvia no carro lhe pareceram tristes e desesperadas: parecia-lhe que o vocalista, impondo a voz aos gritos sobre as potentes notas da guitarra elétrica, tentava pedir socorro.

Passando em frente ao Largo da ..., resolveu parar, dar uma volta a pé, passando em frente às choperias. Talvez encontrasse algum conhecido, que soubesse de algum outro lugar para comprar. Ou talvez não encontrasse ninguém, e resolvesse ir dormir mais cedo... Não seria má ideia...

Não havia quase ninguém na academia de ginástica naquela sexta-feira. Sentada sobre a bicicleta ergométrica, Lucia girava lentamente o pedal, que havia sido ajustado para oferecer resistência, como se estivesse em uma subida íngreme. Era o último exercício da aula, ela havia se esforçado bastante e ganhara por isso um elogio do professor.

Parou por fim, e respirou aliviada, enxugando com uma toalha o suor que lhe escorria da testa. À sua frente, uma jovem que continuava a pedalar com obstinação olhou-a com altivez. Lucia respondeu com um olhar de enfado e indiferença. Frequentavam a academia no mesmo horário há quase um ano já, e haviam se estranhado desde o primeiro dia; uma vívida e pulsante aversão se estabelecera entre elas.

Menina antipática! Está precisando malhar muito mesmo, está muito gordinha... Na idade dela, eu devia pesar uns dez quilos a menos que ela, mesmo sendo mais alta..., pensou, maldosamente, enquanto se encaminhava para a saída.

Entrou no carro, e pôs-se a revirar a bolsa, procurando o batom. Quando encostou-o ao lábio, viu pelo espelho dois rapazes se aproximarem, um de cada lado do carro.

— Vai dona, passa pro banco de trás, vai, rápido!

Num piscar de olhos, um dos rapazes tomou seu lugar, ao volante, e o outro sentou-se a seu lado, no banco traseiro. Sobre a pele ainda quente e suada pelo esforço físico, Lucia sentiu a pressão de um frio cano de revólver entre as costelas. O carro arrancou.

— Oi, Martinha...
— Oi, Léo, que surpresa te encontrar aqui! Fazia tempo que eu não te via!
— Posso me sentar? — perguntou Léo, já segurando as costas da cadeira.
— Claro, menino, fique à vontade...
Marta e Léo se pareciam fisicamente: tinham ambos o nariz arrebitado e um furinho na parte frontal do queixo. Marta não tinha consideração alguma pelo pai que a abandonara na infância, e por isso costumava lançar a seguinte insinuação, em tom de brincadeira: "Será que seu pai não teve nenhuma namorada lá no bairro da ..., de nome Vânia, muito tempo atrás? Tem certeza, irmãozinho?"
— Martinha, você tem alguma coisa aí com você?
— O quê?
— Pó...
— Não tenho não... Ando meio sossegada ultimamente, fico quieta em casa com meu *love*... Casei...
— Puxa, eu estava a fim de comprar alguma coisa hoje...
— Léo, cuidado... Já vi muita gente se perder com isso... E você anda muito magrinho.
— Você achou?
— Sim, está magrinho, judiado, me corta o coração, irmãozinho... Será que não é melhor você pegar leve, dar um tempo?

— Talvez seja melhor mesmo... Vou ver se fico uns tempos sem sair — disse Léo, e observou que o olhar de Marta perseguia algum ponto móvel, com expressão marota.

— Olha quem está passando ali...

Era Ingrid, a velha amiga da rua. Passava bem em frente à choperia, observando as mesas com sua eterna expressão de espanto. Distinguiu os dois em meio às demais mesas, aproximou-se, cumprimentou-os, ofereceram-lhe uma cadeira.

— Ingrid, você não sabe quem pode arranjar um pouco de pó pra nós?

— Pra nós não, menino, não estou a fim desse negócio hoje não...

— Fica fria, Marta, hoje é por minha conta, vai...

Ingrid observava-os com os olhos arregalados, sem responder.

— Você sabe ou não, Ingrid? — apressou-a Léo.

— Isso é muito fácil. Só que não fica perto daqui.

— Para isso existe carro no mundo. — Léo já foi se levantando da mesa.

— Calma, Léo, vamos ao menos terminar o chope!

— Depois eu pago outro pra vocês. Vam'bora!

Compraram a cocaína, seguiram para a casa de Osvaldo.

Acomodaram-se em uma mesa no quintal, Osvaldo abriu uma garrafa de uísque, e nesse momento começou a chover. Passaram para dentro da edícula, a chuva foi engrossando, a drenagem precária do piso não dava vazão, a água empoçada ameaçava invadir.

Mais tarde, chegaram Giba e um comparsa, atendendo a um convite de Marta pelo celular.

Foi então que Giba viu uma foto de Lucia em um porta-retratos.

— Osvaldão, quem é essa dona?

— É minha irmã, Lucia.

Giba foi invadido por um desejo incontrolável de prestar-se a um ato de honestidade.

— Osvaldão, vou te contar uma coisa...

— O quê?

— Eu sou ladrão, mano, minha vida é bandida... — e dirigindo-se ao comparsa: — Chicão, vai lá no carro pegar as coisas da dona.

Chicão foi até a porta, olhou a chuva, hesitante. Recebeu de Marta um guarda-chuva, e saiu. Voltou com uma sacola grande, de loja de roupas, com coisas dentro.

Giba enfiou a mão na sacola, tirou uma bolsa:

— Osvaldão, essa bolsa é da sua irmã... Está tudo aí, carteira, documentos, relógio, celular, tudo... — Depois, vendo que Osvaldo havia arregalado os olhos de susto, disse: — Ela está bem, mano, colaborou com a gente, não mato ninguém à toa não... Só não tenho pra devolver o dinheiro que ela tinha, porque já gastei tudo em pó... E só peço pra isso tudo ficar aqui entre nós, mano, porque você é um cara muito gente fina, e na lei da bandidagem, dedo-duro não pode ficar vivo...

Naquela vez, depois que a cocaína acabou e as visitas foram embora, Marta sentiu medo da solidão de seu quarto na casa, e quis dormir na edícula com Osvaldo. Com a condição de que dormissem em colchões separados: sob o efeito da droga, eram-lhe torturantes as carícias do amado.

Para si, Osvaldo estendeu um fino colchão aos pés da cama, cedida para Marta. E quando finalmente conseguiu adormecer, foi despertado por um barulho muito próximo, vindo do banheiro da suíte.

Marta passava por uma persistente crise de vômito. O hábito de passar um pouco de cocaína sob a língua, bebericando uísque em seguida, fez com que a droga fosse se acumulando no estômago, onde não foi tolerada. Com a cabeça debruçada sobre o vaso sanitário, as pontas dos fios de cabelo mergulhando na água com vômito e a face devastada pela náusea, a mulher do sorriso radiante era um espectro horrendo.

Osvaldo agachou-se a seu lado, e esperou até que a crise amenizasse um pouco. Conduziu-a então ao chuveiro.

— Venha, vá lavar esses cabelos... — Osvaldo retornou ao quarto, para que a amada tomasse o banho sem que ele a visse nua.

— Você pega uma toalha para mim?
— Pego.
— Então pode trazer aqui.

Osvaldo levou-lhe a toalha. Marta começou a se enxugar na sua presença, sem pudor nem sensualidade, como uma doente que necessita que lhe deem banho. Com a face abatida e o cabelo molhado lembrava uma vítima de desastre marítimo.

Pela janelinha do banheiro penetrava um primeiro raio de sol, que descansava nos cabelos e no rosto de Marta como um beijo consolador.

IV

Passaram-se os anos, e as coisas foram se assentando na vida do velho Osvaldo alfaiate.

É verdade que teve que redobrar a carga de trabalho ao mesmo tempo que passou a reservar menos dinheiro para si, com outras duas bocas para alimentar em casa. Mas como trabalhava feliz! E com que energia! Com que agilidade suas mãos lidavam com os tecidos! Parecia remoçado.

Marta envelhecera um pouco e engordara — nada que pudesse arrefecer o amor de Osvaldo, que só aumentava. Já não era mais a jovem fatal do início da história, mas uma mulher madura e espalhafatosa, que usava roupas extravagantes e falava alto.

Formavam um casal insólito. No bairro, todos os conheciam: o velho e discreto alfaiate, com sua companheira suspeita... E aonde quer que fossem juntos — ao banco, ao centro, ao supermercado, a um passeio — chamavam a atenção. Atiçavam a curiosidade das crianças, despertavam a malícia dos homens, a inveja dos idosos, a indignação das senhoras...

Uma vez por mês, sempre no sábado, Marta se arrumava e tomava um ônibus até o Forró Sensação, do outro lado da cidade, sem Osvaldo. A este, diz que vai trabalhar, "fazer um bico". O alfaiate não se opõe, não pergunta nada e ainda deixa no fogão uma canja pronta para quando a companheira voltar, com o dia quase amanhecendo.

Mas a verdade é que, com o tempo, Marta também tomou um pouco de amor por Osvaldo. Senão, não teria quebrado uma garrafa de cerveja na cabeça do Júlio Carteiro — um escândalo com direito a carros da polícia estacionados na rua e aglomeração de curiosos na calçada — fato que ocorreu ali mesmo no quintal cimentado, na porta do ateliê, no dia em que o carteiro apareceu bêbado, vindo de uma festa de casamento, para xingar a falecida mãe de Osvaldo, tudo por causa de um botão de terno que se despregou.

Lucia, a irmã, nunca conseguiu aceitar completamente o relacionamento do irmão. Achava que ele merecia uma mulher melhor, que o ajudasse, não uma vagabunda como aquela!

De vez em quando, queixava-se da situação ao marido, para provocar sempre a mesma resposta, que ela na verdade gostava de ouvir, porque a consolava:

— Lucia, você não vê que o Osvaldo é muito mais feliz hoje do que antes da Marta? Eu nunca tinha visto seu irmão com mulher...

As farras com cocaína acabaram. Os parceiros foram sumindo... No desespero de ver o filho se acabando na droga, o pai de Léo tomou uma atitude drástica: mandou-o, sob o efeito de fortes sedativos adicionados sorrateiramente a uma jarra de suco, para a fazenda que o filho mais velho administrava. Léo despertou, saiu à porta da casa da fazenda: o gado nelore agitava-se no curral, e o sertão desatava-se até onde alcançava a vista... A fazenda distava uns 150 quilômetros do lugarejo mais próximo, e a ordem era para não deixar o caçula pisar em solo urbano tão cedo. Dizem que Léo ficou dois anos enfurnado como um eremita, lidando com o gado sob o sol escaldante, em meio à peãozada. Mas, segundo consta, libertou-se do vício, casou-se, teve filhos...

Giba não teve a mesma sorte. Foi preso, e quando completava quase um ano de pena, estourou a rebelião na penitenciária. Houve ajuste de contas entre facções... Giba não voltou a conhecer a liberdade, perfurado pelas longas facas que os detentos fabricam às escondidas, na obscuridade das celas.

Ingrid, a amiga das ruas, de vez em quando aparece para uma visita. Não mudou muito: o semblante inquieto, os olhos arregalados... Ainda usa batom fortemente vermelho, que já começa a soar-lhe um pouco fora de propósito, considerando-se o avançar dos anos. Engordou um pouco mais, mas de resto, é praticamente a mesma.

Karina também mudou pouco. Talvez um pouco nos trajes... Agora usa roupas sisudas, calça social, camisa de botão, sapato... Está sempre assim, vestida como um homem. Aparece sempre para visitas, e no plano dos sentimentos, ocupa o vértice oposto ao de Osvaldo em um triângulo amoroso no qual Marta ocupa a posição do topo. E, secretamente, cultiva a esperança — vã e persistente, como muitas vezes costumam ser os sentimentos humanos — de que um dia Marta se canse de Osvaldo, e venha lhe pedir um lugar pra morar...

A transferência

...Mas o tempo cercou minha estrada
E o cansaço me dominou...

Versos da canção "Estrada da Vida",
de José Rico

No ano de ##, recebi da empresa em que trabalhava a notícia de que eu deveria imediatamente transferir-me para o distante estado de ***.

A novidade desagradou-me consideravelmente. No entanto, não havia escolha: era pegar ou largar.

Escolhi por pegar e parti rumo à capital do referido estado, situada a uma distância desanimadora da grande e moderna cidade onde eu sempre vivera até então.

Naquela época, já havia algum tempo que eu demonstrava sinais de uma espécie de enfermidade ou distúrbio de fundo psíquico que desafiara o conhecimento de alguns psiquiatras, às cujas análises eu me submetera.

Algo não ia bem comigo, mas eu mesmo não percebia quase nada: as pessoas próximas é que me davam a notícia do mal que supostamente me acometia. Falava-se de alguns lapsos de percepção e de consciência... Receei que a transferência, a que me obrigava a empresa, se devesse à constatação do meu problema por alguns superiores. Pela primeira vez, assaltou-me uma sensação de desamparo e temor do futuro.

No entanto, intimamente, amparava-me ainda uma sólida autoestima de vencedor de desafios, de rompedor de obstáculos, que desde minha tenra infância têm se postado diante de mim, dificultando-me ao máximo o alcance de meus objetivos.

Eu sempre havia passado por cima de tudo. Não por ambição sem freios, mas simplesmente por um justo lugar ao sol...

Eu haveria de provar a todos que eu continuava um vencedor.

Com este lema a incentivar-me, como um soldado que, ao som de marchas bélicas, avança contra o inimigo, preparei as malas, despedi-me de minha mãe e, com meu carro, tomei apressadamente a rodovia. Eram duas horas da tarde de uma segunda-feira.

Ao final da tarde, o trecho de estrada que me era conhecido chegara ao fim. Penetrei em uma região erma, tão tristonha como eu nunca havia imaginado.

A beira da pista era invariavelmente ocupada por um capim de caule rígido e longo, semelhante à cana-de-açúcar, só que mais fino. E estava judiado: quebrado, sapecado de fogo, empoeirado. A contemplação de tal vegetação, assim, por horas seguidas, tinha um efeito nocivo sobre meu estado de espírito.

Anoiteceu então, ao mesmo tempo que a rodovia tornou-se sinuosa, e o relevo, montanhoso; fracos e inconstantes *guardrails*, amassados dos choques com veículos, separavam a pista dos precipícios, ou falando já na linguagem interiorana, das temíveis pirambeiras.

Eu queria parar nem que fosse em um posto de gasolina. Por fim, depois de longas horas, a região serrana ficou para trás, e com grande alívio vi aproximarem-se as luzes de um pequeno vilarejo, onde entrei, já exausto. Beirava a meia-noite.

Aos meus olhos críticos de rapaz criado na cidade grande, acostumado a ruas que nunca adormecem completamente, aquele lugarejo de mil e poucos habitantes estimulava uma postura arrogante e zombeteira. Acho que eu nunca havia entrado em um lugar assim.

Era uma cidadezinha situada em terreno plano e representava perfeitamente o estereótipo de vila sem futuro do interior, ou seja, um ajuntamento de casas ao redor de uma igreja e só.

Rodei com o carro algumas vezes em torno da praça central, observando o vazio das ruas. Depois, tive a curiosidade de conhecer o tamanho da cidade, e dirigi-me à periferia — se é que este termo pode ser aplicado em lugar tão insignificante.

Em poucos minutos, cheguei ao fim da cidade: no ponto onde eu estava, terminava numa cerca de arame farpado. Fiquei alguns minutos contemplando, com olhar perdido, a escuridão que se desatava dali em diante.

Voltei ao centro, à pracinha da igreja. Para minha surpresa, avistei duas moças no meio da praça. Conversavam alto e riam: suas vozes ecoavam no silêncio da noite.

Ao me verem, dirigiram-se à calçada, rente à rua. Passei em frente, me pediram pra parar, debruçaram os decotes sobre a janela do carro. Exalavam perfume e vodca.

— Está perdido aqui, moço?
— Estou procurando um hotel onde dormir.
— Dormir com a gente?
— Vocês sabem onde tem um?
— Só falamos se você levar a gente junto.
— E quanto é o programa?

Disseram. Uma miséria de valor. Pobres mulheres... Entraram no carro, que mal precisou engatar uma segunda marcha para chegar ao hotel. Estava fechado.

— Mas está fechado!
— Desce lá, Rita, chama o Seu Isac...

Rita bateu à porta, chamou algumas vezes: "Seu Isaaaaaaac...". Depois colava o ouvido à porta, sondando. Dos quintais das casas, os cachorros começaram a latir. No meio da madrugada, a cidade sonolenta despertava, estranhando o barulho fora de hora.

Mas Seu Isac por fim apareceu, surgindo do misterioso interior do hotel. Primeiro, uma abertura mínima na porta, e uma cabeça calva que se projetava para fora, espiando. Olhou para Rita, olhou para o carro, mas não se resolvia a abrir de vez a casa.

— Vamos, Seu Isac, está frio aqui fora...

Entramos por fim. Seu Isac acendeu a luz e caminhou penosamente para detrás de um balcão. E armou-se de um moralismo hipócrita para explorar ao máximo aquele que talvez fosse o único hóspede em todo um mês, naquele povoado miserável.

— De quantos quartos o senhor vai precisar?
— Só um! Por quê?
— Porque vocês estão em um homem e duas mulheres. Então, são três quartos de solteiro ou um quarto de casal mais um de solteiro?
— Nós três precisamos de uma cama de casal só... — sorri maliciosamente, ao que as mulheres responderam com risinhos marotos, no mesmo tom.
— Isso o regulamento não permite.
— Mas que regulamento?
— Se o senhor quiser pagar uma diária só, de quarto de casal, então vai ter que escolher só uma das senhoritas...

A essas palavras, as senhoritas, que uma de cada lado já me abraçavam pelo pescoço, apertaram-me ainda mais fortemente.

— Quantas diárias tenho que pagar então?
— Como eu falei pro senhor, pode pagar uma de quarto de casal, mais uma de quarto de solteiro. Assim é o certo aqui no hotel.
— E por quanto que estão saindo as diárias aqui nessa pensão do senhor?

Quando despertei, estava sozinho. As mulheres se foram enquanto eu dormia.

Fazia calor no quarto. Eu havia dormido com a janela aberta, e o sol da manhã — devia ser já umas dez horas —

incidia diretamente sobre a cama. Os lençóis estavam encharcados de suor.

Saltei da cama, afligido pelo temor de haver sido furtado. Conferi as coisas dentro da mala, o dinheiro na carteira: não dei falta em nada.

Eu precisava urgentemente seguir viagem. Lavei o rosto, escovei os dentes, e saí para o corredor.

No balcão da recepção, já não estava mais Seu Isac, mas um jovem de vinte e poucos anos.

— Bom dia.
— Bom dia.
— Você está aqui na recepção desde que horas?
— Desde as seis.
— Você viu duas mulheres saindo do hotel?
— Não vi, não, senhor.
— Você conhece duas meninas? Sabe, garotas de programa, que ficam aí na praça à noite?

O rapaz não conhecia, nunca tinha sequer visto ou ouvido falar de tais mulheres. E quanto mais detalhes eu fornecia — "uma mais magra e alta, de pele bem clarinha, outra mulata e forte" — mais o rapaz demonstrava surpresa: "Mulheres na praça, de madrugada? Aqui em S...?"

Exasperei-me:

— Mas nessa cidade aqui desse tamanho, aqui todo mundo conhece todo mundo, e você não conhece nem nunca viu as meninas?

Não conhecia, nunca tinha visto.

— Você é filho do Seu Isac?
— Sou, sim, senhor.
— E seu pai não te contou que eu tinha chegado com duas mulheres?
— Não. Só disse que tinha um hóspede na casa.
— E cadê seu pai?

— Teve que viajar, foi a uma cidade próxima.

Aborreci-me e saí à rua.

Havia pouco movimento na cidade. Na calçada ao lado do hotel, vi um homem de meia-idade agachado, encostado ao muro, com chapéu e fumando cigarro de palha — um caipira folclórico, como antes eu só tinha visto na televisão. *Que fim de mundo é esse aonde eu vim parar? Preciso sair logo disso aqui.*

Voltei ao quarto. Queria ver sinais das misteriosas mulheres, mas não encontrei nada. O pagamento que — segundo minha lembrança — as mulheres me haviam pedido era irrisório, e não poderia de qualquer forma fazer diferença notável no espesso calhamaço de notas que eu havia trazido para a viagem.

Juntei minhas coisas, paguei o hotel e segui viagem.

Tomei novamente a estrada. Fazia um tempo bom, sem nuvens no céu. O carro avançava rapidamente rumo ao interior, mais e mais.

Contemplando a paisagem banhada pelo belo dia de sol, eu refletia no acontecido na noite passada... Senti um leve sorriso desenhar-se em minha face... As mulheres desapareceram como habitantes de um sonho, como visões da mente de um louco... Imaginava-me contando o caso a meus amigos, quando retornasse a minha cidade...

Após o almoço, em um restaurante da estrada, localizei minha posição no mapa rodoviário, e decidi desta vez planejar o local de pernoite, que seria na cidade de médio porte de R..., uns trezentos quilômetros à frente.

No entanto, depois de percorrido cerca de um terço dessa distância, uma pane no veículo me impediu de cumprir o planejado. Muito a contragosto, novamente me vi obrigado a passar a noite em local improvisado, ainda mais precário que a cidade da noite anterior.

Em busca de ajuda, eu havia caminhado uns dez quilômetros até chegar a um posto de gasolina, no meio do nada. Havia uma pequena oficina mecânica anexa, habilitada a reparos que não fossem muito complicados. Rebocaram meu carro, que havia ficado à beira da rodovia. O mecânico, um homem sem camisa, de pés no chão, um tanto gordo e de movimentos morosos, deu logo o parecer: a coisa era simples de se resolver, mas seria necessário buscar uma peça em G..., cinquenta quilômetros à frente. Com pesar, como quem comunica uma péssima notícia, informou o preço da peça, que somada à gasolina da moto que iria buscar, mais a remuneração da mão de obra, resultava em um valor razoável, nada de muito caro. Mas julgando pela forma que usou para me passar o orçamento, com muitos rodeios, demorando-se longamente no cálculo dos valores, parecia ter convicção de que o valor me levaria ao desespero. Como é pobre essa gente do sertão!

— OK, pode fazer o serviço.

O mecânico explicou a um rapaz magro, que ouvia de perto nossa conversa, qual era a peça necessária, e o rapaz sumiu-se na moto.

Por volta de cinco da tarde, terminou o reparo. Pediu-me para ligar o carro, acelerar, dar uma volta: estava funcionando otimamente, e o homem encheu-se de satisfação por haver acertado no diagnóstico do problema. Depois, perguntou-me para onde eu ia, e aconselhou-me veementemente a não me aventurar por aquele trecho de estrada à noite.

— Mas eu não tenho onde dormir!

— Rapaz, eu na minha casa não tenho onde te hospedar... Mas minha irmã mora em um sítio à beira da estrada, dez quilômetros à frente, entrando à direita na primeira entrada depois do cafezal... Ela tem um quartinho separado da casa. De vez em quando, em alguma emergência, algum viajante pernoita por lá... Aí depois você deixa um dinheirinho qualquer pra ela, pra ela comprar um botijão de gás, já ajuda... O nome dela é Conceição.

Depois de uns dez quilômetros, contados no marcador do painel, notei à direita da rodovia uma plantação, que devia ser o tal cafezal. Umas arvorezinhas, com umas frutinhas verdes, do tamanho mesmo de um grão de café...

Embiquei o carro. Segui por uma estrada rente à cerca do cafezal, até um sítio com uma casa amarela, segundo a descrição do mecânico.

Parei o carro próximo à porteira da propriedade, e não foi preciso chamar ninguém: à minha chegada, uma horda de uns dez cachorros passou a latir desesperadamente, quase perdendo o fôlego, e uma mulher de uns quarenta anos, de boné na cabeça, saiu de dentro da casa, rumo ao carro.

Abaixei o vidro, dei boa-tarde e expliquei a situação, mencionando o nome do mecânico e a recomendação.

— Ah, você consertou o carro no posto? Com o Joel? É meu irmão...

Naquela altura, já toda a família me observava: um homem que pelo jeito devia ser o marido de Conceição, um senhor de idade, que devia ser pai ou sogro, um casal de crianças, mais um rapazinho adolescente.

— Pode descer, moço, os cachorros latem, mas não mordem não... Vou mostrar o lugar onde você pode dormir.

Descendo uma ladeira rumo aos fundos do sítio, me levaram a uma casinha afastada, na beira da mata.

— Meu sogro é que dorme aqui de vez em quando, quando sai pra caçar aí no mato, à noite...

Conceição abriu a porta da casinha, mostrou-me a cama, colocou lençóis novos, deu-me uma toalha. Nos fundos, do lado da mata, havia um tanque com uma torneira. E era só.

Combinei o preço da diária, pedi para incluir um jantar e o café para o dia seguinte. Retiraram-se. Uma hora depois, Conceição voltou com o jantar em uma marmita: arroz, feijão, carne de porco e quiabo. Jantei, e fiquei sozinho em definitivo.

Caía a tarde. Na mata, os pássaros cantavam monotonamente. Veio a noite.

Acendi a luz de fora, sentei-me num banquinho de madeira que havia à porta da casa. Em volta, reinava a escuridão, espessa como um fluido negro.

Cansado, com os nervos exaustos pelos contratempos da viagem, senti o sono pesar-me nas pálpebras... Imagens confusas revoavam em meu pensamento. Sentado no banquinho, com a cabeça recostada à parede, adormeci...

Despertei em sobressalto, sem saber por quanto tempo havia dormido. Sentia que havia refeito as forças, e sem a blindagem do cansaço, dei-me conta mais nitidamente da precariedade de minha condição: eu me encontrava completamente sozinho, isolado à beira do matagal...

Rapidamente, fui sendo tomado por um estado progressivo de pânico. A fobia ancestral que durante séculos de vida civilizada deve ter se escondido nos recessos do instinto do homem irrompia em meus nervos doentes, fazendo-me estremecer de horror. O desespero do homem quando em condição de presa, o medo das feras...

Tentei com todas as forças controlar o receio que me invadia. Eu suava, um suor frio como a morte...

Tristemente, percebi que a partir do ponto onde eu havia adormecido, a poucos palmos da parede externa, as plantas daninhas haviam crescido livremente ao redor da casa, até a altura de um metro. Notei naquela vegetação espessa que encobria o chão um suave movimento, como se serpentes se arrastassem em seu meio... O chocalhar de mil guizos de cascavel chegava-me aos ouvidos...

Pulei para dentro da casa, e tranquei a porta. Meu coração batia descompassado. Recobrei o fôlego, sentei-me à cama. Apavorado, meus ouvidos sondavam cada ruído da noite...

Não sei quanto tempo passei naquela condição lamentável, encolhido sobre a cama, e decidi que não seria possível passar a noite daquela forma. Ponderei que talvez meus receios não passassem de temores vãos e infundados de homem urbano, desacostumado à noite no campo.

Encorajei-me a abrir a porta dos fundos e encarar a mata, que se espalhava por distância indefinida. Foi uma ideia infeliz.

A luz fraca da lâmpada iluminou debilmente o quintal. Foi então que eu vi...

Cinco lobos me encaravam a poucos passos de distância... Rosnavam ferozmente, exibindo os dentes brancos...

Num átimo, recuei para dentro da casa e fechei a porta, contra a qual se bateram os animais, ganindo de raiva...

A noite toda, passei-a acordado, ouvindo seus uivos medonhos ao redor da casa, suas unhas arranhando os finos gomos de aço das portas...

Veio a manhã, e os camponeses vieram à casa... Encontraram-me desacordado, ardendo em febre...

Despertei em um cômodo escuro, com a desagradável sensação de não saber onde estava.

Minhas mãos tatearam a parede ao lado da cama, buscando um interruptor para acender a luz. Não encontrei, e dirigi-me ao ponto por onde penetrava uma débil nesga de luz, que parecia a fresta de uma janela.

Minhas mãos se depararam com uma superfície irregular e quente, o aço de uma janela onde incidia o sol; abri-a de uma vez.

Deparei-me com uma espécie de conferência de caipiras, sentados em cadeiras à sombra de uma árvore, no quintal.

Era uma conferência da qual eu era o tema principal. Por todos os sítios da região, a notícia do rapaz que havia tido uma crise de delírio no "hotel" da Conceição, havia se espalhado rapidamente, e de todos os cantos havia afluído gente, de todas as idades, e que agora observavam com extrema curiosidade o protagonista do caso, que despertava.

Incomodado por tantos olhares curiosos, retornei à cama. Apareceu Conceição.

— Moço, você está melhor? Me deixa ver se passou a febre. — Colocou as costas da mão no meu pescoço. — Ah, já melhorou bem! Vou trazer um pouco de mingau de fubá pra você acabar de sarar...

— Conceição, o que aconteceu comigo?

— Você teve febre... Delirou... Falava de uns lobos no quintal, que ficavam arranhando a porta da casa...

— Mas o quintal estava mesmo cheio de lobos... Arranharam a porta, a noite inteira...

A essas palavras, já todo o povo me observava, da janela e da porta do quarto, com muita curiosidade. O sogro de Conceição se aproximou de mim, sentou-se à cama:

— Meu rapaz, eu durmo sempre ali naquela casa... Eu já vi lobos, muitas vezes na minha vida, há uns trinta anos atrás, quando eu tocava boiada... É um cachorrão grande, magro, arredio, com um andar vagaroso... É um belo animal... Mas histórias de lobos arranhando porta de casa, a noite inteira, disso eu nunca ouvi falar nem nas histórias da época dos meus avós... Você até me desculpe falar isso, mas acho que te fizeram algum feitiço e você deve procurar um benzedor... Se você quiser, posso trazer a Dona Ana aqui, ela tem uma "benzição" muito boa...

A estas considerações esdrúxulas, juntou-se o parecer do filho de Conceição, de que o lobo era um animal praticamente em extinção por aquelas bandas.

— Sei, está em extinção mesmo... Eu vi bem ontem a extinção...

Levantei-me bruscamente da cama, decidido a seguir viagem. Segundo o planejamento inicial, eu já deveria estar no meu destino há muito tempo... Agradeci a Conceição por ter cuidado de mim, dei-lhe em troca uma boa quantia em dinheiro, juntei minhas coisas, e despedi-me daquela gente simplória.

Segui viagem com o espírito atormentado pela preocupação. Pela primeira vez, tristemente, assumi como plausível a hipótese de que meus sentidos, de fato, não estivessem em condições de merecer confiança, e senti meu ânimo vacilar sob a carga de um sombrio pressentimento.

Com o olhar ausente, eu prosseguia... Aquelas vastas planícies ensolaradas, em circunstâncias menos tristes, ser-me-iam talvez um deleite às vistas. No entanto, com o espírito enfermo, pareciam-me mais com as melancólicas estepes, onde no purgatório vagueiam as almas...

Foi então que avistei, à beira da rodovia, uma criancinha. Uma menina, de uns sete anos, pedia carona...

Parei o carro, e ela se aproximou.

— Moço, o senhor pode me levar de volta pra casa, em D...,? Me perdi aqui na estrada...

A companhia daquela adorável criança — era uma menina de pele saudavelmente morena, de abundantes cabelos lisos e de feições indígenas — teve o misterioso efeito de acalmar meus nervos doentes.

— Por que o senhor está triste?

Olhei para aquela face pequenina, sem saber o que responder.

— Mas eu não estou triste...

— O senhor parece triste, desanimado... O senhor tem namorada?

— Não.

— E o senhor está triste porque não tem namorada?

— É, é por isso, como você sabe? — respondi, concordando.

— Pois não fique triste não, porque em D... eu vou arranjar uma namorada pro senhor.

— E quem é essa namorada que você vai me arranjar?

— Essa namorada é a minha mãe, que está lá em D... O senhor vai gostar dela e vai ficar morando com a gente... Depois o senhor vai ter um filho com ela, que vai ser meu irmãozinho...

Chegamos em D... A menina ia me indicando o caminho. Entramos em um bairro pobre, de ruas extremamente esburacadas, que me forçavam a andar em baixa velocidade, quase parando o carro. Era noite.

— É aqui, nessa casinha azul...

Parei o carro na rua, e a menina tomou minha mão. Abrimos o portão da rua, que rangeu alto, denunciando a chegada de gente.

Do interior da casa saiu uma mulher morena, também de cabelos lisos, a jovem mãe da menina:

— Minha filha, graças a Deus você apareceu... — E tomou-a nos braços, abraçando-a fortemente, com lágrimas nos olhos.

— O moço me trouxe de volta, mãezinha... Ele é bondoso...

— Que Deus pague a ele a bondade, minha filha querida... Entre, moço, você deve estar com fome...

Aquela casinha humilde situava-se à beira do largo rio que corta a cidade de D...

A mulher chamava-se Irene, e a filha, Estela. Jantamos juntos, sentados a uma mesa estreita que nos fazia muito próximos uns dos outros.

Estela parecia estar gostando muito de ver-me ao lado de sua mãe. Eu fora eleito de imediato a uma condição ocasional de pai e marido, e sentia-me estranhamente confortável naquele papel.

— Agora eu vou dormir... — Estela levantou-se da cadeira, deu um beijo em sua mãe, outro em mim, e seguiu para seu quarto, com passinhos sonolentos. Fiquei a sós com Irene.

Tudo foi muito rápido. Em questão de minutos, vi-me em um pequeno quarto, praticamente todo ocupado pela cama de casal onde nos entregávamos sofregamente ao amor. Misterioso sentimento de familiaridade me acompanhava, em todos aqueles momentos.

Depois, Irene falou:

— Venha conhecer minha varanda...

Aos fundos, na modesta casa, havia uma varanda que se projetava sobre o íngreme barranco do rio. Sobre as águas que corriam lentamente, a lua projetava sua luz branca, compondo um belíssimo panorama.

Ali, deitamo-nos em uma rede, onde havia já um cobertor, com que nos cobrimos. Embalados pelo doce murmúrio das águas, adormecemos...

Despertei com um rebuliço de gente à minha volta. Os bombeiros tentavam me resgatar do carro, que não sei como eu havia precipitado sobre um barranco. Delicado equilíbrio impedia que o veículo mergulhasse de bico nas profundezas de um rio...

Não sofri nem um arranhão. Para fazer um boletim de ocorrência, levaram-me à delegacia, onde contei a história: eu havia encontrado uma menina indígena, perdida na estrada, e eu pensava que fosse despertar sobre o barranco do rio, mas não naquelas condições e sim no aconchego de uma rede em uma varanda, nos braços de uma bela mulher...

Contrariando minhas expectativas, ninguém me contestou. Submetida à interpretação daquele povo humilde, naquele lugarejo perdido, a história de imediato assumiu a forma de lenda sertaneja, espalhando-se rapidamente pelas redondezas, com a denominação de "caso da indiazinha", que aparecia para pedir carona aos viajantes, naquele trecho da estrada...

Quanto a mim, creio que minha própria aparência naquela ocasião reforçou a crença no suposto caso sobrenatural. Barba por fazer, olhos arregalados de espanto, fala atropelada, frases desconexas... Todo morador que me via, fazia o sinal da cruz...

Tomei novamente a estrada, desta vez em sentido contrário, rumo à minha cidade natal.

Fugi em desespero daquelas regiões inóspitas, onde vi sucumbir meu equilíbrio mental ante tão inusitadas experiências.

De volta, no aconchego do lar, sob os cuidados de minha mãe, aos poucos recuperei minhas forças e voltei a trabalhar.

Mas o trauma deixou em mim sua marca: jurei nunca mais me afastar mais de cinquenta quilômetros para fora de minha cidade, contados a partir da praça da catedral.

E até hoje, passados já vinte anos daquela época, quando por algum motivo tenho que dirigir-me à periferia norte da cidade, sinto que uma forte aflição me oprime o peito, pelo simples fato de percorrer, em zona urbana ainda, os primeiros quilômetros da rodovia rumo ao distante estado de ***...

— FIM —

FONTE Merriweather
PAPEL Pólen Natural 80 g/m²
IMPRESSÃO Paym